CHARLES BAUDELAIRE
巴黎的忧郁

〔法〕波德莱尔 著

刘楠祺 译

人民文学出版社
PEOPLE'S LITERATURE PUBLISHING HOUSE

图书在版编目(CIP)数据

巴黎的忧郁 / (法) 波德莱尔著；刘楠祺译.
—北京：人民文学出版社，2019 (2023.1 重印)
(巴别塔诗典)
ISBN 978-7-02-015338-1

Ⅰ. ①巴… Ⅱ. ①波… ②刘… Ⅲ. ①散文诗–诗集
–法国–现代 Ⅳ. ①I565.25

中国版本图书馆 CIP 数据核字(2019)第 111656 号

责任编辑 卜艳冰 何炜宏
装帧设计 高静芳

出版发行 人民文学出版社
社　　址 北京市朝内大街 166 号
邮　　编 100705

印　　刷 凸版艺彩(东莞)印刷有限公司
经　　销 全国新华书店等

字　　数 95 千字
开　　本 889 毫米×1194 毫米　1/32
印　　张 9.375
插　　页 5
版　　次 2019 年 10 月北京第 1 版
印　　次 2023 年 1 月第 2 次印刷

书　　号 978-7-02-015338-1
定　　价 79.00 元

如有印装质量问题，请与本社图书销售中心调换。电话：010–65233595

目录

序：一个读者的致敬

唐晓渡

楠祺兄金口未启便已在"译后记"中预设了对我的感谢；相应地，我也要在动笔之初便向他呈上由衷的谢意：首先感谢他贡献了一个这么好的译本；其次感谢他对我的莫名信任；三是感谢他提供了这样一个机缘，让我于时隔三十五年之后，得以再次通读波氏的这本传世经典并获益多多。从一开始，我就自认不是这篇序文的合适撰者，现在也仍然这样认为；完全是缘于内心满满的感念，才让我最终决定作为一个读者勉为其难。

波德莱尔是世界范围内现代主义诗歌乃至现代主义文艺的先驱，几代人心目中的大英雄。然而说来好笑，直到1980年读完大三上半学期，我对这位划时代大英雄的所知仍近于一介愚氓。当然，外国文学史课程避不开他的名字和代表作，可恕我直言，除了被"恶魔诗人""坟墓诗人"等谥号和刻意寻摘的只言片语激起的巨大好奇心外，我没有从老师那里获得更多的东西，甚至不知道部分《恶之花》早已有戴望舒和陈敬容的译本。同样奇怪的是，当年底面世的《外国现代派作品选》第一卷，尽管在前言中以相当篇幅论及了波德莱尔的贡献，其作品文本却踪迹全无（或许在袁可嘉先生看来，"先驱"的名头及影响力已经够大，不必再来占据"主流"的篇幅）；多亏稍晚即逢王力先生的《恶之花》全译本面世，这才在某种程度上平衡了我心中这可笑的不等式。说"某种程度"，是因为王先生的译本尽管大大缓解了我对这位此前一直影影绰绰的神秘大英雄的焦渴，然"暴读"并时感震撼之余，却又激起了我更大的渴意——这当然不是说王译的旨趣不够高妙，译笔不够精湛，而仅仅是说，其以五、七言为主的古体和过于典雅的文言风格塑造的波德莱尔，和我内心期待的波德莱尔相去甚远；或者不如说，我从一开始就没有准备接受一个文言的汉语波德莱尔，由此造成的不适感甚至让我一时不知所措。

如此初读波德莱尔在我心中留下了一片眼翳般的阴影，令我对他的尊崇变得有点暧昧；虽不致耽误随后一段时间内我和同为77级的哲学系刘东同学的有关讨论（其时他那本著名的《西方的丑学》尚在酝酿中，波德莱尔不必说是其间首屈一指的枢机），却多少延误了我从中意识到自身视野的狭隘和趣味的粗鄙。回头想，当时我基本是把王译当作一部开禁的"禁诗"来读的。这种阅读的特点在于注意力更多聚焦于作品中那些致禁的"敏感区"（对精神久遭幽闭而又正值青春期的一代人来说，这也许称得上是某种"对称的变态"），代价则是忽略了其更为广阔、丰富和深致的内涵（面对一本内文被借阅者扯得七零八落的老版《十日谈》，薄伽丘大概只能苦笑）。由此反观，我所谓"内心期待的波德莱尔"就不免变得可疑——在缺少参照的情况下，这种期待除了是"敏感区"先入为主的投影，还能是什么呢？

当然，这丝毫也不意味着，我所谓的"不适"，因此也成了"脱敏"的欲求未得充分满足，暗怀抱怨而诉诸的托词。反证是我若干年后读到盛成先生所译瓦雷里之《海滨墓园》时，同样感到了类似的不适，而这种不适和"脱敏"与否的欲求并无干系。盛译《海滨墓园》采用的也是五言古体，修辞风格也取典雅的文言，可见我的不适所突显的，确是译文的体式、风格与内心期待的错位；而只要稍稍深究一下这样的错位感就会发现，确有某种从形式角度体现"现代性"的语言/心理机制跃动其里，据此敞向白话口语的汉语"新诗"判然有别于"旧诗"，而阅读与翻译以至创作彼此质询生发，共结为一个有机整体。

在这方面，我不适于盛译《海滨墓园》的感受似乎更有说服力。和王译《恶之花》不同，那次的不适感并未留下"一片眼翳般的阴影"，而毋宁说是一过性的。之所以会有这样的区别，或与我其时于现代诗（包括西方现代诗）的阅历已非当初可比，心态也大为平和有关，但不如说与此前已读过卞之琳先生的译本，并深为折服关系更大。卞译据称历时十年，可谓呕心沥血，其相对于原诗的形神兼得不待我言；关键是译作自身作为一首以精炼口语为基调的现代新格律诗同样神完气足，是它所塑造的汉语瓦雷里的声音和形象极大地满足了我对这位法国大诗人的想象，以致一读之下，便经由我的认同而具有了某种原型意味。

我不能说这同样是我1982年底读完亚丁首译《巴黎的忧郁》时的感受，但毋庸讳言，其时我还真为波德莱尔在现代汉语中的命运大松了一口气。及至稍晚经由"诗苑译林"的不同选本，先后读了《恶之花》戴译24首、陈译38首，我心中那片阴影的残留才终于烟消云散，唯余对自己孤陋的谴责。

但两次不适感的叠加，却也又让我纳闷了一段日子。我的纳闷仅仅集中于一点，即王、盛二先生何以会不约而同地选择古体文言译介《恶之花》和《海滨墓园》？尽管波氏原作多严守西诗格律，而瓦氏于此虽有创意，亦不离左右，但西诗格律和中国古体格律毕竟源于各自不同的传统，其形式旨趣也迥然有异，强行建立对位关系是否徒增削足适履之累？再者，二位前辈译家均为多面手：除了都是造诣深厚的语言学家，还都是经历过"五四新文学"洗礼的杰出散文家和诗人（王力先生不必说了；盛成先生在现代诗文方面的成就虽多初创以法语，然设若将他那些复被译回母语的诗文纳入现代文学谱系，则他对汉语现代诗的贡献当毫不逊色于任何一个同代诗人，足以与他那部曾名动整个西方世界的长篇小说《我的母亲》一样名垂史册）；按理说，他们同样可以像卞之琳先生那样，使用更对应于原作也更合乎转型的时代潮流的"新格律体"来进行译介，然而却没有。为什么？

王力先生撰有《〈恶之花〉译者序》，以七律三题抒发了其译介的着意和关切所在，然于上述问题几未涉及；倒是后来见到盛成先生有过寥寥数语，部分回答了我的探究，大意是：由于《海滨墓园》在法语世界早已是公认的经典之作，而他与瓦雷里又有非同寻常的交谊，故翻译时在体式上颇费了一番思量；之所以最后决定采用五言古体，是因为五言在中国古诗中最为庄重和典雅，最适合被用来表示礼敬，云云。

　　不难理解，盛先生的这一番初心剖白虽可谓诚恳之极，却仍不足澄清我胸中浊气。好在这非但不妨碍，反倒刺激了我进一步品味二位前辈的"未语之语"，沉浸于自己的主观冒险。显然，在二位前辈看来，经典作品对译介"信、达、雅"的要求更高，而选择古体文言于此更为有利；如果说这一看法同时还隐含了对新诗体式的某种不信任以至诗体等级观的话，那么，考虑到其时新诗（包括用于译介）的可能性尚未及充分打开（王译《恶之花》始于40年代初；盛译《海滨墓园》成于1955年），少有深具说服力的文本（想想郭沫若先生的《浮士德》汉译吧），而那一代诗人对"新诗革命"内心多持矛盾态度，便也毫不足怪。对伴随着新诗一起受难和生长的我辈来说，重要的不在于能从他们的选择中看出多少"时代的局限性"，而在于能否穿透已成给定的文本现实，于矛盾的裂隙中重新审察其选择据持的原理，并使问题重新成为问题。历经探索锻炼，今天或许已很少有谁会动念，要诉诸古体文言译介现代诗；这固然与汉语新诗早已成熟到足够胜任其诗学担当有关，但是否也同时表明，"信、达、雅"这一译介的传统金科玉律，经由"现代性"的持续冲击和渗透，其意蕴正变得越来越富于弹性，边界也越来越模糊不清，许多情况下反而更迹近某种质询和挑战？

当然，所有的问题都既源于语言，又结穴于语言。就此而论，现代诗的译介虽与创作一样，置身同一的"现代性"场域并经由阅读实现三者的互动，却因必须在出发语和目的语之间寻求创造性转换而多出一重限制和困难。我曾在一篇文章中试图以一语概括古体和新诗由形式而精神的根本区别，以为前者的要义是在不自由中体现自由，而后者的要义是始终保持住自由和自律之间的危险平衡，此乃立足创作的角度；若立足译介的角度则或可谓：在始终自律中企及与自由之间的辩证。据此译介寻求与创作的近似目标，即无论是语言强度、感知纵深，还是运思的微妙、复杂程度，均无负于原作，更无负于母语当下可能性的诗歌文本。

以上哓哓看似与楠祺兄及本书没多大关系，私心则以为未必。对一个翻译经验极为有限、于法语更是除了"谢谢""再见""一路平安"之外什么也不懂的读者来说，或许只有经过这样的"大迂回"，才能间接表达楠祺兄的工作在我心目中的分量及其激起的绵绵敬意于万一。这样说自是不限于本书，以至不限于波德莱尔——我是说，只有以楠祺兄的全部译作，包括稍早的《恶之花》，又尤其是他近年孜孜的五卷本《雅贝斯诗文集》为砝码，才能称量此番我重读《巴黎的忧郁》时再次深刻体会到的"分量"和"敬意"。

自数年前因主编《当代国际诗坛》之便，先于出版读到楠祺兄《恶之花》的部分新译之日起，他于我便成了译家中的"标杆"之一；其最令我印象深刻的，正是前谓"在始终自律中企及与自由之间的辩证"。这里的"自律"，兼指对原作语义、体式（包括格律）和风格诸多层面及原作者修养、人格的充分尊重；"自由"，主要指出入母语诗歌可能性的话语姿态；而"辩证"，则指译介过程中发明式地协调二者矛盾冲突，使其臻于融合无间的过程。所有这些必综合显示为某种独特的"语感"；如果说它同时还提供了足资比较的终端尺度的话，那么，楠祺兄确实有更多的机会让我暗中击节。他的译笔总是力求精确而微妙地游走于语境的通透和复杂之间，语气的畅达和阻滞之间，调性的尖新和典雅之间；尽管远非首首都能重新刷屏耳目，甚至时有闷、钝之感，但总体上无疑更富弹性和张力，足以支持他的译本从诸多同类中脱颖而出。

也许这样的赞誉不过是某种陈词滥调的变奏，但我还是要忍不住如此评价，就像我明知自己对翻译的认知距离其前沿探索早已显得保守不堪，但阅读中还是不得不以母语诗歌的当下可能为基准参照一样。另一方面，既然是同一个原作者和同一支译笔，既然波德莱尔本人在论及《巴黎的忧郁》时曾经说过，"总之，这还是《恶之花》"，似也就有理由认为上述评价通适于二者。然而不应忘记，波氏还有半句"但更自由、细腻、辛辣"，由此突出了译介前者时独有的难度。难就难在如何约束"更自由"带来的解放感，如何在没有诸如格律、韵脚、建行等既限制又拥挤的形式因素支持辨识的情况下，保证一首散文诗仍足以称诗，而不至因滥用自由而流为散文？当然，关键是诗意。问题在于如何蓄住，或呈现诗意？在我看来，此也是最能见出楠祺兄的修为和功力之处。试比较开篇献辞两个不同译本的同一片断（后者为楠祺译本）：

　　老实说，在那怀着雄心壮志的日子里，我们哪一个不曾梦想创造一个奇迹——写一篇充满诗意的、乐曲般的、没有节律没有韵脚的散文：几分柔和，几分坚硬，正谐和于心灵的激情，梦幻的波涛和良心的惊厥？

踌躇满志的岁月里，我们谁不曾梦想过创造奇迹，去创作一篇洋溢着诗意和乐感、却又无韵无律的散文呢？且其亦刚亦柔，足以完美契合灵府抒情的躁动、梦想的波澜和意识的腾越。

此献辞原为波德莱尔致友人的一封信，单列于全篇；本身虽可归于散文，若干片断却也洋溢着激情的诗意，选列者即是其中之一。然而，仅就汉语的阅读效果言，两译相较纵各有长短，但前者显然更倾向散文而后者更倾向散文诗。若究其原因，后者句式更简洁紧凑、语气节奏更富于音乐性固不可轻忽，然遣词结语更精准练达，不仅达意，而且"神""气"兼得，恐才是成全关键。只"踌躇满志的岁月里"一语，较之"在那怀着雄心壮志的日子里"，其营造的内在情境，差异就不可以道里计。想波氏从来自视甚高又久经历练，且撰此信时《恶之花》和《巴黎的忧郁》均已大功告成；从上下文看，其主要旨趣在于宣示新创，溯及缘起乃属趁便。当此之际，以"雄心壮志"含其初衷固无不可，然终显稚嫩，且与作者身份唐突。毕竟，一个以颓废著称的"浪荡子"文人，再怎么立志成为变革的斗士，也不会是一个青年突击队员。"踌躇满志"则大大不同。此语暗含一典，原出

《庄子·内篇·养生主》，所述庖丁解牛的故事，国人可谓家喻户晓。故用此语必涉其典（至少对一个"范式读者"来说如此），其妙处尚不止于庖丁"提刀而立，为之四顾，为之踌躇满志"，以彰显自己成就的得意之态，与波氏信中对其新创虽一再曲意谦恭中和，却仍跃然纸上的自信夸耀更多呼应；也不止于庖丁因神乎其技而获得的另一重艺术家身份（既然其解牛过程中不同的动作方位，以至从容进刀的每一声响，无不合乎先圣的舞乐节律），与波氏的诗人艺术家身份有更多契合；更重要的是，与虚构的庖丁形象一起被接引进内在情境的，还有庄子的历史形象及其"技进乎道"思想光芒，而二者辉耀的叠加，恰又与波氏在此信开头推介其新创神奇的抗拆解性，进而向友人献上"一整条蛇"相映成趣。如此经由语象的发散而层层打开，且敞向古今中外的巨大审美时空，不正是所谓"诗意"的魅力渊薮吗？

当然，这是一个走极端的案例分析。当然，我随时准备虚心接受"过度阐释"的责备。我已一再表明，我的立场是一个读者的立场；唯愿我不揣浅陋呈贡的点滴感受，能为更多读者进入这部"第一次以如此激烈的方式，从散文尤其是文学性散文中切分出来"（某法国文学史家评波氏语）的划时代作品，提供某种不无助益，包括负面助益的参照。但是，楠祺兄的新译灿然在此，为什么还要听一个"二把刀"绕着外围继续喋喋不休呢？赶紧开读吧。不只读正文，也不要放过每篇的题解和注释吧——如此立足互文而提供互参的方便，既是本书的特色之一，也体现着作者、译者和阅读本身的共同要求。缘此我们将不断发现一个更立体、更真实的波德莱尔，一个仍在时时生成中的波德莱尔。

　　谨为序。

　　　　　　　　　　　　　　　2018.6.18，世茂奥临

巴黎的忧郁

小散文诗

(1869年)

献给阿尔塞纳·乌塞耶 [①]

　　亲爱的朋友，寄给您一本小书。这本书，不能说它没头没尾，那样说有失公允。恰恰相反，书中各篇都互为首尾，彼此呼应。您想想看，这样一种组合方式会给我们大家，您、我和读者们带来多大便捷呵！我们欲止则止——我可以暂停梦想，您可以搁下稿子，读者可以中断阅读——因为我无意于让某些冗长繁复的线索束缚住读者的本衷。抽掉书中的一节脊骨吧，两段蜿蜒的幻想仍会重组而无碍。把本书截为数段碎片吧，您依旧会看到每段依旧可独立成章。但愿其中若干章节飘逸生动，足以令您生悦，让您陶醉，所以我才冒昧地将这一整条蛇奉献给您。

　　我还得向您略加申明，我是把阿洛伊修斯·贝尔

[①] 阿尔塞纳·乌塞耶（Arsène Houssaye，1814—1896），本名阿尔塞纳·乌赛（Arsène Housset），笔名阿尔弗莱德·穆斯（Alfred Mousse），法国作家，《艺术家》（*L'Artiste*）杂志的创办人，时任《新闻报》（*la Presse*）主编。

特朗①那部著名的《夜之加斯帕尔》（您、我，还有我们的一些友人都熟稔该书，称它著名不为过吧？）翻阅了不下二十遍后才萌发了这个念头的，我想尝试写一部类似的作品，想用他描绘古代生活的那种灵动的笔触来表现现代生活，或者说，描绘一种更为抽象的现代生活。

蹉跎满志的岁月里，我们谁不曾梦想过创造奇迹，去创作一篇洋溢着诗意和乐感、却又无韵无律的散文呢？且其亦刚亦柔，足以完美契合灵府抒情的躁动、梦想的波澜和意识的腾越。

对经常往来于各大都市、交游广泛的人们，这种念想更是如影随形，挥之不去。您本人，亲爱的朋友，不是也曾尝试着以一曲歌谣再现玻璃匠的尖叫，在一篇抒情散文中试图描绘出那尖叫声如何刺破街头的浓雾、直冲顶楼而带来的一切可悲的暗示么？

不过，说心里话，我担心这种妒忌心不会给自己带来好运。一开始我就发现，我对那位神秘而堂皇的偶像②不仅无法望其项背，而且写出的东西也不伦不

---

① 阿洛伊修斯·贝尔特朗（Aloysius Bertrand, 1807—1841），法国浪漫主义诗人，生于意大利，其代表作《夜之加斯帕尔》（Gaspard de la Nuit）开创了法国散文诗的先河，对此后的象征主义和超现实主义诗歌产生了重大影响。
② 指阿洛伊修斯·贝尔特朗。

类（如果还可以称之为某种东西的话）——这种偶一为之的东西，除我之外，换作他人肯定都会趾高气扬，可对一个只把确切落实既定目标视为诗人至高荣耀的智者而言，却只能是奇耻大辱。

您的忠诚的

夏·波

[题解与注释]

一、《献给阿尔塞纳·乌塞耶》首次发表于 1862 年 8 月 26 日《新闻报》(*la Presse*)。

《新闻报》有删节。校样上没有波德莱尔的修改。

二、创作这篇献辞的想法最早出现在波德莱尔写给阿尔塞纳·乌塞耶的一封信中，落款日期是"1861年圣诞节"：

您日理万机，却还在百忙中浏览我寄给您的散文诗样稿。我尝试创作此类散文诗久矣，我愿意将其题献给您。月底前我会送上已完成的稿子（题目大概是《孤独的漫步者》，或叫做《闲逛的巴黎人》也许更贴切）。您一定心同此感，因为您本人也曾尝试于此，您知道这谈何容易，尤其是生怕让人看似展示诗歌提纲时更是如此。

……

这类作品的优点是可以按照自己的意愿进行裁剪。我觉得埃采尔① 可能会从中萌发出版一部

————————

① 埃采尔（Pierre-Jules Hetzel，1814—1886），法国出版家、作家。

形象化浪漫派作品的想法。

　　我的出发点无疑是您十分熟悉的阿洛伊修斯·贝尔特朗的《夜之加斯帕尔》；但我很快就发现这条模仿之路行不通，因为这类作品根本无法模仿。我要遵从内心，要成为我自己。只要我写得有趣，您就会喜欢，不是么？

　　我早就思忖着把这部作品题献给您，我知道，为了再现《艺术家》的青春，您正在创造奇迹，至少是准备大展宏图的。这太好了；这可以让我们重返青春①。

在一篇波德莱尔《创作札记》(*Carnet*) 的提纲中，这些想法再次出现并有所发展：

　　致乌塞耶。

　　题目。

　　献辞。

　　没头没尾。又互为首尾。

---

① 波德莱尔 1844—1845 年间就曾在《艺术家》上发表过他最初的数首十四行诗，其中有些是以普里瓦·丹格勒莫（Privat d'Anglemot）的名义发表的。

这对我很方便。对您也很方便。对读者同样方便。我们想停就停：我可以暂停梦想，您可以放下稿子，读者可以中断阅读。而且我无意于用某种冗长的情节那无休止的线索束缚读者执著的意愿。

……

我们谁不曾梦想过要创作一篇独特的、充满诗情画意的散文，来表现我们心灵中抒情的躁动、梦想的波澜和意识的腾越呢？

我的出发点是阿洛伊修斯·贝尔特朗。我想用他描绘古代生活的那种格外生动的笔法来描绘抽象的现代生活。但甫一下笔我就发现，我所写的和我想模仿的完全不是一码事。这种东西，若换作他人肯定会引以为傲，对我却是耻辱，因为我深信，诗人应当永远对其想做的事坚信不疑……

这篇提纲已十分接近正式发表在《新闻报》上的献辞，却在关键一点上有出入：提纲中并未提及"经常往来于各大都市、交游广泛的人们"会在这部散文诗中充当什么角色。波德莱尔是否还想把这篇献辞置于《巴黎的忧郁》篇首呢？事实上，波德莱尔去世后，阿塞利诺①和邦维尔②在为《波德莱尔遗作》（*Édition posthume*）编辑的目录中就未将这篇献辞收录进去，况且波德莱尔献给乌塞耶的那些恭维话也并未能确保《小散文诗》在《新闻报》上的连载——连载三期就被乌塞耶叫停了——再次连载已经是两年以后。从波德莱尔这方面看，在他把乌塞耶列入其译作《怪异与严肃故事集》③的赠书名单之前，也是将乌塞耶列在"下等人名单"④中的。

　　三、《夜之加斯帕尔》：是法国诗人阿洛伊修斯·贝尔特朗的遗作，在他去世一年后的1842年由大卫·德·昂热⑤和维克多·巴维⑥出版，圣伯夫⑦

---

① 阿塞利诺（Charles Asselineau，1820—1874），法国作家、文学批评家，波德莱尔的好友。

② 泰奥多尔·德·邦维尔（Théodore de Banville，1823—1891），法国诗人，波德莱尔的好友。

③ 《怪异与严肃故事集》（*Histoires grotesques et sérieuses*）是美国作家爱伦·坡的作品，由波德莱尔译为法文于1865年出版。

④ "下等人名单"（la liste des canailles），语出波德莱尔私密日记《我心赤裸》（*Mon cœur mis à nu*）第28篇："下等人名单——当今那些著名的大人物：勒南。菲多。奥克塔夫·弗耶。舍尔。报社老板们、弗朗索瓦·布洛兹、乌塞耶、路易·吉拉丹、泰克西埃、德·加洛纳、绍拉、杜甘、达洛兹。"

⑤ 大卫·德·昂热（David d'Angers，1788—1856），法国雕塑家。

⑥ 维克多·巴维（Victor Pavie，1808—1886），法国诗人、作家、艺术史家。

⑦ 圣伯夫（Charles Augustin Sainte-Beuve，1804—1869），法国作家、文学评论家。

为这部散文诗集作了序。巴维后来曾说，这部诗集的出版"是出版业最大的败笔之一"——尽管阿尔塞纳·乌塞耶 1851 年在其作品《花窗之旅》(*Voyage à ma fenêtre*) 中就提及了这部作品，但贝尔特朗的名字在这部诗集出版 20 年后依旧默默无闻。所幸卡尔梅尔 ① 于 1861 年 10 月 15 日在《幻想家评论》(*Revue fantaisiste*) 上发表的评论《19 世纪那些被遗忘的人》(*Les Oubliés du XIXe siècle*) 中介绍了这位诗人。波德莱尔一定是读过这些文章及后附的一些贝尔特朗诗作的。据波德莱尔青年时代的朋友普拉隆 ② 回忆，波德莱尔是《夜之加斯帕尔》最早的读者之一。尽管如此，《夜之加斯帕尔》对《巴黎的忧郁》的影响是微乎其微的。

四、"玻璃匠的尖叫"：指阿尔塞纳·乌塞耶 1850 年《诗全集》(*Poésies complètes*) 中的一篇风格平平、但表现出人道主义倾向的散文诗《玻璃匠之歌》(*La Chanson du vitrier*)，讲的是诗人遇到了一位玻璃匠，这位玻璃匠因为一天也没卖出去一块玻璃而

---

① 卡尔梅尔（Célestin-Anatole Calmels，1822—1906），法国雕塑家。
② 普拉隆（Ernest Prarond，1821—1909），法国作家、历史学家。

饥肠辘辘。于是诗人把他领进了路旁的一家小酒馆，但这个可怜人却强打精神离开了，因为他从不为"慈悲"而只为"博爱"干杯。但乌塞耶似乎并没有察觉到波德莱尔字里行间的讽刺意味。

1 异乡人

——喂，谜一般的人，你最爱谁？父亲、母亲还是姐妹兄弟？

——我没有父亲，也没有母亲，没有姐妹，也没有兄弟。

——朋友呢？

——我至今也不清楚您说的是什么。

——祖国呢？

——我也不知道它在哪儿。

——美人呢？

——她若是女神且不死，我会死心塌地爱她。

——黄金呢？

——我憎恶黄金，如同您憎恶上帝。

——嗨，你这不同寻常的异乡人！你到底喜欢什么？

——我喜欢云……我喜欢行云……那边……那儿……好美的云呵！

[题解与注释]

一、《异乡人》(*L'Étranger*) 首次发表于 1862 年 8 月 26 日《新闻报》。

《新闻报》有删节。校样上有波德莱尔的修改，修改后的文字与《波德莱尔遗作》一致。

二、本篇散文诗可参考波德莱尔的若干文本进行阅读。在那些文本（如《我心赤裸》）中，波德莱尔宣称自己是"这个世上的异乡人"。1863 年 6 月 3 日，他在给母亲的信中写道："若谈起我的教育，谈起培养我的观念和感情的那种教育方法，我希望大家还能不断地感觉到：对这个世界及其信仰，我觉得自己就是个异乡人。"《我心赤裸》中还有一段耳熟能详的笔记，差不多是在《异乡人》的创作同期写下的："从童年时代起，我就有了孤独的情感。无论是在家里还是在同伴们当中，我都觉得永远孤独乃是我的命运。"

波德莱尔既寻觅孤独又深受其苦："有天赋的人只想一人独处，此即孤独。"（《我心赤裸》）——矛盾的心态，对差异的过分执著，很难被人理解，且并未提到浪漫主义世纪之病——这是卢梭笔下那位孤独漫步者的孤独，是夏多布里昂笔下那位勒内 ① 的孤独，也是拜伦笔下那位曼弗雷德 ② 的孤独。

三、"黄金呢？"：波德莱尔在《寡妇们》和《穷人们的眼睛》这两篇散文诗中同样表达了对财富的蔑视，但在《诱惑，或情爱、财神与荣耀》中的表达则略有不同。

四、"好美的云呵！"：1859 年，波德莱尔在翁弗勒尔 ③ 结识了被柯罗 ④ 称为"摹画天空之王"的法国风景画家欧仁·布丹 ⑤，对其风景画大为赞赏。同年，

---

① 勒内（René）是法国浪漫主义作家夏多布里昂（François-René de Chateaubriand，1768—1848）同名小说的主人公，小说讲述的是发生在姐弟之间的不伦之恋。勒内自幼和姐姐相依为命，长大后心情苦闷，无法排解，以至要自杀。姐姐鼓励他活下去，但自己却日益憔悴，最后进了修道院，原来她对弟弟已产生"罪恶的激情"。后来姐姐去世，勒内皈依了基督教。

② 《曼弗雷德》（*Manfred*）是英国浪漫主义诗人拜伦（George Gordon Byron，1788—1824）的代表作之一：主人公曼弗雷德从小便是一个落落寡合的人，壮年时独自居于阿尔卑斯山的大自然中。但他的心境无论如何不得宁静。他埋头研究科学，然而从知识中亦不能得见幸福。"知识的树，终非生命的树。"曼弗雷德在这样的苦闷中厌世。

③ 翁弗勒尔（Honfleur），法国地名，位于诺曼底的卡尔瓦多斯省（Calvados），波德莱尔的母亲奥比克夫人的出生地。1853 年，波德莱尔的继父奥比克将军在这座滨海小城购置了一座别墅（今已不存）。奥比克将军去世后，奥比克夫人避居于此。

④ 柯罗（Jean-Baptiste Camille Corot，1796—1875），法国风景画家。

⑤ 欧仁·布丹（Eugène-Louis Boudin，1824—1898），法国风景画家。

他在艺术评论《1859 年的沙龙》(*Salon de 1859*) 中曾就布丹的绘画这样评论道：

> 　　最后，那些奇形怪状的闪亮的云，那些混沌的夜，那些一片连一片的绿色和粉红色的旷野，那些张着大嘴的火炉，那些被折皱卷起或撕破的黑色或紫色缎子一般的天空，那些黑沉沉或者流着熔金的天际，都像醉人的酒或令人难以抵挡的鸦片一样涌入我的脑海。事情相当怪，面对这些流体的或气体的魔力，我竟然没有一次抱怨其中没有人。①

---

① 本段译文引自郭宏安译《波德莱尔美学论文选》，人民文学出版社 1987 年版，第 454 页。

2　老妇的绝望

那干瘪的小老妇看到这个人见人爱、争相哄逗的漂亮孩子，心里别提多高兴了。这个漂亮的小东西，犹如她这个小老妇一样脆弱至极，而且也像她一样，没有牙齿，没有头发。

她凑到孩子跟前，想对他微笑，并摆出一副可爱的样子。

不料那孩子却被她吓坏了，在这位善良老妇人的爱抚下死命挣扎，尖叫声响彻整个屋宇。

于是这位善良的老妇人退到一旁，重新陷入无尽的孤寂当中。她躲在角落里哭了，心中自言自语："唉！对我们这些可怜的老妇人来说，惹人喜爱的年龄一去不复返了——哪怕是对那些天真的孩子，想和他们亲热一番都能把他们吓个半死！"

[题解与注释]

一、《老妇的绝望》（ *Le Désespoir de la vieille* ）首次发表于 1862 年 8 月 26 日《新闻报》。

《新闻报》有删节。校样上没有波德莱尔的修改。

二、本篇散文诗可参照《寡妇们》《窗口》和《恶之花》中的《小老妇》一诗进行阅读。

我们从这篇散文诗中可以感受到波德莱尔心中涌动的对这位老妇人的悲悯情怀。正如波德莱尔在《可怜的比利时!》[①]中描写的那样，这位老妇人如"无性别之生命，值得怜悯而无须动容"且其面容上再也没有了那种"打娘胎里带来的全般丑陋和愚不可及"。

[①] 《可怜的比利时!》(*Pauvre Belgique* !)，波德莱尔的散文随笔集，1864 年开始创作，未完成。

3　艺术家的悔罪经 [①]

　　秋日的黄昏何等沁人心脾！啊！其刺痛直抵肌肤！因为内中有些感觉是美妙的，朦胧而不乏强烈；且再没有什么锋芒能匹敌其无限之铦利。

　　目光陶醉于无垠广阔的蓝天碧海何等愉悦！孤独，寂静，蔚蓝的天空一碧如洗！天边摇曳着一叶扁舟，渺小孤单，恰似我难瘳的人生，还有那海浪的单调旋律，所有这一切都要凭我思考，或者说我藉它们思考（因为恢弘的梦想当中自我会倏忽而逝！）；我想说，是它们在思考，而且是音画般的思考，没有诡辩，没有推论，也没有演绎。

　　可这些思考，无论是源于自身还是出自万物，顷刻间即变得太过强烈。这种快感中的能量生成了某种不安且切身的痛苦。我极度紧张的神经只能发出刺耳

---

① 悔罪经（le confiteor），天主教经文之一种，由教徒在告解后所念，以求天主宽恕其所犯诸罪。

而痛苦的震颤。

　　而现在，深邃的苍穹使我沮丧；其澄明令我恼怒。冷漠的大海、凝滞的景色同样令我生厌……啊！难道就该永远痛苦下去，就该永远逃避美么？大自然呵，你这无情的魔女、无敌的对手，请你高抬贵手！请别再愚弄我的欲望和自尊！探索美是一场对决，艺术家落败前已然瑟瑟哀鸣。

[题解与注释]

一、《艺术家的悔罪经》（ *Le Confiteor de l'artiste* ）首次发表于 1862 年 8 月 26 日《新闻报》。

《新闻报》有删节。校样上没有波德莱尔的修改。

二、在《巴黎的忧郁》中，艺术家的形象和美学问题始终占据着极为重要的位置，其中多个篇章都涉及了艺术家的状态（如《狗和香水瓶》《卖艺老人》和《悲壮的死》等）及其对美的看法（如《艺术家的悔罪经》和《小丑和维纳斯》）。在本篇散文诗中，波德莱尔表达了自己的诗艺观点（在《酒神杖》中又进行了补充）。他在其他作品中运用的意象和描写也是对自己诗艺观点的延伸。

三、"秋日的黄昏"：可参看《恶之花》中的《暗淡的天空》《秋歌》和《秋之十四行诗》阅读本篇。

四、"无限"：可参考《人造天堂》①第一章《对

---

① 《人造天堂》（ *Les Paradie artificiels* ）是波德莱尔的一部论文集，于 1860 年出版，收录了《论酒与大麻》和《人造天堂》两篇论文。

无限的兴趣》(*Le Goût de l'infini*)阅读本篇。

五、"所有这一切都要凭我思考，或者我藉它们思考"：波德莱尔这一表述与《双重屋》及《人造天堂》若干段落中对外在世界的描写是一致的。它与卢梭在《孤独漫步者的遐想》第二部中所描写的如痴如醉的感觉如出一辙。

波德莱尔在其"心灵的美好岁月"期间是了解这种状态的，这种状态也体现在德拉克洛瓦①的绘画和邦维尔的诗作当中。在波德莱尔那个时代，艺术家鲜有求助于"魔鬼之药"进行创作的。既然如此，那唯一的"上帝赐给我们享乐的奇迹"是不是就像《人造天堂》里说的，是"持续不断的工作和冥想"呢？要知道，波德莱尔在其《哲学的艺术》中②是如此定义诗的："根据现代观念，何谓纯粹的艺术？纯粹的艺术就是创造一种冥冥魔法，客体与主体同在，艺术家眼中的外部世界与艺术家本身同在。"

---

① 德拉克洛瓦（Eugène Delacroix，1798—1863），法国画家，浪漫主义画派的典型代表。

② 《哲学的艺术》(*L'Art philosophique*)是波德莱尔的一篇艺术评论，发表于1856年，后辑入其艺术评论集《美学撷珍》(*Curiosités esthétiques*)。

4　一个开玩笑的人

正值欢庆元旦之时：泥浆和雪水混杂，无数华丽的四轮马车碾压过泥水，玩具和糖果五光十色，贪婪与绝望四处麇集，在这座大城市惯常的节庆狂热中，甚至连那个最死倔的孤独者也被搞得头昏脑胀。

在这嘈杂和喧嚣中，一头驴子在一个莽汉的鞭笞下疾奔而来。

当那头驴子跑到街角快要拐弯时，迎面过来一位英俊绅士，他戴着手套，脚穿漆皮鞋，紧扎领带，身子裹在崭新的礼服里，对着那卑贱的畜生恭恭敬敬鞠了一躬，边脱帽边说道："我谨祝您新年快乐幸福！"然后转过身，满脸自得的神气，走向他那些不知何许人的同伴，像是要赢得他们的赞许。

驴子甚至看都没看这位开玩笑的英俊绅士一眼，继续奋力奔向它当去之处。

而我，突然对这个鲜衣蠢货怒从心头起，在我看来，法兰西的全部精神在他身上毕现无遗。

[**题解与注释**]

一、《一个开玩笑的人》(*Un plaisant*) 首次发表于 1862 年 8 月 26 日《新闻报》。

《新闻报》有删节。校样上没有波德莱尔的修改。

二、本篇散文诗出自巴黎节庆期间波德莱尔在街头所见或臆想中的场景,笔法类似于《野女人和小情妇》和《卖艺老人》。

三、"法兰西的精神":可参阅波德莱尔的诸多文本。在那些文本中,波德莱尔以诗的形式彻底揭露了法国人的虚荣、愚蠢和无知。"我永远不会满足于羞辱法兰西,"在 1860 年 10 月 11 日写给母亲的信中,诗人谈起撰写《恶之花》序言的构想,其中一份草稿的开头这样写道,"法兰西正在经历一个滥俗的阶段。巴黎则是这一切蠢言蠢行的中心和集散地。"

5　双重屋

一间屋，有如一个梦幻，一间真正的心灵之屋，凝滞的空气略带一丝粉红和蓝色。

在这儿，灵魂沐浴在慵懒当中，悔恨和欲望为沐浴抹上了一缕馨香——这是某种暮色般的、微蓝微粉的东西，是一场渐次消隐的愉悦的梦。

家具的形状被拉长了，显得疲惫而无精打采。那样子仿佛是在做梦；有人可能会说它们犹如植物和矿物般被赋予了某种梦游般的生命。各种织物无言地诉说着，像鲜花，像天空，像落日。

四壁甚至没有一件俗厌的艺术品。对于纯粹的梦和未经解析的印象而言，被定义的艺术、实用的艺术都是一种亵渎。此地十分和谐，一切都"明"得敞亮，"暗"得惬意。

一缕妙选的微香，伴着隐约的湿润漂浮在空气中，在这儿，睡意朦胧的心灵在暖房的感觉中荡漾。

纱幔在窗前和床前垂落，如雪白的瀑布倾泻而下。床上睡着那位偶像——梦之国的女王。可是，她怎么会在这儿？是谁领她来的？又是何种魔力将她扶上这梦幻与逸乐的宝座？可这又有什么关系！反正她在这儿！我认出她了。

我从那可怕的狡黠中认出来了，这就是她的那双眼睛，如穿透暮色的火焰；这就是她的那对眸子，既难以捉摸又摄人魂魄！那对眸子吸引着、魅惑着、吞噬着凝视它们的冒失鬼的目光。我曾常常琢磨这对眸子，琢磨这对能激发好奇与赞叹的乌亮的星星。

能置身于这种神秘、寂静、平和与芳香，我该感谢哪位好心的精灵呢？哦，真是至福！我们通常所谓的生活，即便是春宵一刻，也与这种至高无上的生活不可同日而语，而我现在见识到了这种生活，便要一分钟一分钟、一秒钟一秒钟地品味！

不！分分秒秒在此已不复存在！时间消失了，是永恒在主宰一切，那是一种至乐的永恒！

不料，一声吓人、沉重的敲门声响起，仿佛在地狱之梦中一样，我觉得肚子上似乎挨了一镐头。

接着，一个幽灵走了进来。就像是某个执达吏，以法律的名义前来折磨我；又像是某个前来哭穷的无耻姘妇，想以其生活中的庸俗给我的痛苦添堵；还像是某家报社主编的跟班，被派来向我催索文债。

那天堂般的房间、那偶像、那梦之国的女王——即伟大的勒内 ① 所说的那位空气中的女精灵——这一切魔幻景象，都随着那幽灵粗暴的敲门声戛然而逝。

可怕呵！我认出来了！我认出来了！没错！这陋室，这永恒之厌倦的所在，正是我的居所。瞧那些蠢笨的家具，灰头土脸，破烂不堪；瞧那座壁炉，无火无炭，沾满痰渍；瞧那扇灰蒙蒙的窗子，雨水把尘灰冲刷成一道道犁沟；瞧那卷手稿，圈圈点点，残缺不全；还有那部台历，被铅笔标示出一个个不吉利的日子。

反观那另一个世界的芬芳，适才我还满心欢喜陶醉其中，唉！它现在已被烟草的恶臭所取代，还羼杂着令人作呕的说不清的霉烂味儿。眼下闻到的，只有腐败的哈喇味儿。

在这个既逼仄又让人恶心的世界里，惟有一件熟悉的物事在向我微笑：鸦片酊小药瓶——一位老相好，一位让人怵头的女友；唉！它就像所有女友一样，爱抚多多，害人亦多多。

哦！对了！时间又现身了；时间现在变成了主

---

① 勒内（René），指法国浪漫主义作家弗朗索瓦-勒内·德·夏多布里昂（François-René de Chateaubriand，1768—1848）。

宰；伴随着这个丑恶老者一起回来的还有它的那些魔鬼侍从：回忆、悔恨、痉挛、恐惧、苦恼、噩梦、愤怒和神经质。

我向您保证，现在的每一秒，其声响都庄严有力、抑扬顿挫，从时钟上迸溅出的每一声滴答都在说着："我就是人生，就是那不堪忍受而又无法逃避的人生！"

在人的一生中，惟有秒钟肩负着报喜的使命，而这喜讯足以引发每个人难言的恐惧。

没错！时间主宰一切；它又恢复了残暴的专制。它用双重刺棒催赶着我，就好像我是一头牛："走起来！蠢货！赶快干，奴才！凑合活着吧，该死的！"

[题解与注释]

一、《双重屋》(*La Chambre double*) 首次发表于 1862 年 8 月 26 日《新闻报》。

《新闻报》有删节。校样上没有波德莱尔的修改。

二、本篇散文诗甫一开篇，就让人想起了波德莱尔在《恶之花》中《巴黎梦》一诗中描写的那种"虚构的居所"（爱伦·坡语）。这两首诗结构相同，都创作于波德莱尔吸食大麻之后：表现出由中毒引发的幻觉和返回由时间标识的现实中的失落。阅读本篇可以参考《人造天堂》《艺术家的悔罪经》《小丑和维纳斯》和《蛋糕》——那几篇散文诗都表达了一种对自命不凡之生命的迷醉的感觉。

同时，本篇散文诗的意境、环境描写和笔法类似于《恶之花》中的《殉情女》《忧郁之二》《时钟》《香水瓶》诸篇，可一并参考阅读。

三、"一间真正的心灵之屋"：波德莱尔的幻觉是"超自然的"，而非卢梭那种"自然主义的"幻觉。尽管如此，本篇散文诗的风格与卢梭的《孤独的漫步者》还是十分相近。波德莱尔本人在其《人造天堂》

中的《印度大麻之诗》第四节中即勾勒出了这种相近，还在文中批评卢梭说"让-雅克迷醉了，但他并没有服用印度大麻"。

四、"空气中的女精灵"：是夏多布里昂在其作品《墓畔回忆录》(*Mémoires d'outre-tombe*)中描写的精灵。波德莱尔十分崇敬夏多布里昂，称夏多布里昂是"伟大的忧郁派"创始人，被他列入这一流派的作家还有拉布吕耶尔 [1]、布封 [2] 和在语言与文体方面都名副其实的大师之一——戈蒂耶 [3]。正如波德莱尔在其散文随笔《火箭》中所说，夏多布里昂、阿尔封斯·拉伯 [4] 和爱伦·坡代表着"永恒的随笔，永恒而世界性的风格"。

五、"惟有秒钟肩负着报喜的使命"：参阅《靶场与公墓》和《恶之花》中的《穷人之死》一诗，会有

---

[1] 拉布吕耶尔（Jean de La Bruyère，1645—1696），法国作家，其代表作《品格论》(*Caractères*)是法国文学史上一部划时代的散文名著，对后世影响很大。

[2] 布封（Georges-Louis Leclerc, comte de Buffon，1707—1788），法国博物学家、作家，代表作为36卷巨著《自然史》(*L'Histoire naturelle*)。

[3] 戈蒂耶（Théophile Gautier，1811—1872），法国浪漫主义诗人，提倡"为艺术而艺术"。

[4] 阿尔封斯·拉伯（Alphonse Rabbe，1784—1829），法国记者、历史学家、浪漫主义作家和散文诗人，波德莱尔很崇拜他。

助于理解本篇。若同时阅读阿尔封斯·拉伯《一个悲观主义者的纪念册》（*L'Album d'un pessimiste*）中的《一个被诅咒者的地狱》（*L'Enfer d'un maudit*）也不无裨益。

6　自身之怪兽，人皆负之

辽远而灰暗的天空下，大平原上尘土飞扬，没有道路，没有绿地，没有一株蓟草，也没有一枝荨麻。我遇到不少人在躬身前行。

他们每个人都背负着一只巨大的怪兽①，重如一袋面粉、一袋煤或一个罗马重装步兵的装备。

但那巨大的畜生可不是一件僵死的重物；正相反，它用其富于弹性和膂力的肌肉紧紧搂压着人；用一对巨大的利爪钩住它的"坐骑"的前胸；它那巨大的脑袋高踞于人的额头之上，有如古代武士威慑敌手的那种可怕的头盔。

我向其中一人探问，问他这是要去哪儿。那人回答我说他什么都不知道，不只是他，别的人也一概不

---

① "怪兽"一词的原文为 la Chimère，其本义指希腊神话中狮头羊身蛇尾的喷火怪兽咯迈拉（后被希腊英雄柏勒洛丰杀死），转义为幻想、空想、妄想之义，指"不可能的想法"、"不切实际的梦"或"可以想象却无法实现的事"。

知；不过，他们显然是要到什么地方去的，因为他们受到了某种行走欲的驱使而无力反抗。

更有一件怪事要说：这些旅人中，没有一个对吊在他们脖子上、贴在他们后背上的那个凶恶的畜生表现出愤怒；他们似乎已然将其视为自身的一部分。那一张张疲惫而严肃的脸上，没有丝毫的绝望；在这忧郁的苍穹之下，他们的脚步迈入与天空同样悲凉的尘土中，脸上是逆来顺受的表情，就像那些命定永不放弃的人那样，一步步地跋涉着。

这支队列从我身旁走过，没入天际线的氛围当中，在地球的圆形表面那可以逃避人类好奇目光的地方消失了。

有好一阵子，我执意想要参透这一奥秘；可没过多久，那无法抗拒的冷漠袭击了我，结果我感受到了比那些背负沉重怪兽的人更形沉重的压力。

[题解与注释]

一、《自身之怪兽，人皆负之》(*Chacun sa chimère*)首次发表于 1862 年 8 月 26 日《新闻报》。首次发表时的标题为《人人皆背负其自身的东西》(*Chacun la sienne*)。

《新闻报》有删节。校样上有波德莱尔的修改，修改后的文字与《波德莱尔遗作》一致。

二、创作这篇散文诗的灵感可能来自戈雅《奇想集》(*Los caprichos*) 中的那幅铜版画《你驮不动也得驮》(*Tu que no puedes*)[①]，表现的是两个农夫的背上驮着两头驴子，被压得喘不过气来。波德莱尔和戈蒂耶一样，对这位西班牙画家极为赞赏，并在其 1857 年创作的《论几位外国漫画家》中对戈雅进行过专章介绍和评论。

三、本篇散文诗的寓意笔法类似于《恶之花》中的《警告者》一诗，可参照阅读。也可参阅《沉醉吧》那篇散文诗。

———————

[①] 戈雅（Francisco José de Goya, 1746—1828），西班牙画家，其画风奇异多变，从早期的巴洛克式画风到晚期类似于表现主义的作品，对后世的现实主义画派、浪漫主义画派和印象主义画派均产生过重大影响。铜版画《你驮不动也得驮》是其版画集《奇想集》中的第 42 幅。

_34

7 小丑和维纳斯

真是心旷神怡的一天！宽敞的公园在太阳火辣辣的注视下心荡神驰，犹如爱神眷顾下的青春。

万物心醉神迷，流于无声；甚至流水都仿佛入眠。与人类的节庆不同，此地是一场无声的狂欢。

光似乎越来越强，万物在闪闪发光；连兴奋的花儿也燃起欲望，想以其缤纷的色彩媲美天空的蔚蓝，热气让花香氤氲可见，宛若轻烟般向太阳飞升。

然而，在这万物寻欢作乐之际，我却看到了一个伤心的人。

在一尊高大的维纳斯雕像脚下，有一个小丑装扮的人，就是君王们为悔恨或厌倦所困时专门逗他们笑、为他们解忧的那类弄臣，他身着色彩鲜艳、滑稽可笑的服装，头上戴着缀有铃铛的尖角帽子，蜷缩在雕像的基座上，抬起满含泪水的双眼，仰望那不朽的女神。

那双眼睛仿佛在说："我是众生中最低贱、最孤

独的人，被剥夺了爱和友情，这方面，我甚至还不及
最下等的畜生。可是我生下来也是为了理解和感受那
永恒之美的呀！啊！女神呵！怜悯我这份哀伤、这份
狂妄吧！"

　　可是，那冷漠的维纳斯睁着她的大理石双眼，不
知在顾望着远方什么地方。

[**题解与注释**]

一、《小丑和维纳斯》(*Le Fou et la Vénus*)首次发表于 1862 年 8 月 26 日《新闻报》。

《新闻报》有删节。校样上没有波德莱尔的修改。

二、本篇散文诗依旧出自巴黎节庆期间波德莱尔在街头所见或臆想出的场景，类似于《一个开玩笑的人》和《卖艺老人》中的描写；这一场景在《巴黎的忧郁》中曾屡屡出现。

散文诗的第一部分描写了令人赏心悦目的景色，让人油然想起《艺术家的悔罪经》《蛋糕》和《邀游》中的某些描写；第二部分则通过小丑的形象，重新回到了《卖艺老人》和《悲壮的死》中的场景，让我们觉得这篇散文诗类似于《恶之花》中的《美神》一诗。

8　狗和香水瓶

"漂亮狗狗，我的好狗狗，我的小乖乖，靠近点儿，过来，闻闻这上等香水，这可是我从城里的顶级香水店里买来的。"

于是，狗摇着尾巴——在我看来，狗这种可怜畜生的这个动作就相当于笑或微笑的表示——过来了，把湿润的鼻子探向打开盖的香水瓶；紧接着，它突然惊恐地后退，并向我吠叫，似乎在责备我。

"哼！讨厌的狗，我要是给你一泡屎，你就会津津有味地嗅起来，说不定还会吞下去。所以，你呀，你这个我悲惨人生中的低贱的伙伴，你太像那些公众啦，对他们，绝不能推荐精美的香水，那只会激怒他们，而只能提供给他们一些适合其口味的精选垃圾。"

[题解与注释]

一、《狗和香水瓶》(*Le Chien et le flacon*) 首次发表于 1862 年 8 月 26 日《新闻报》。

《新闻报》有删节。校样上没有波德莱尔的修改。

二、《狗和香水瓶》是一篇寓言诗。波德莱尔曾以诗和散文的形式多次表达过这一主题,它表现出艺术家与公众趣味之间的差距。波德莱尔在散文随笔《火箭》开篇就曾写道:"每个国家对伟人们的出现都感到极为勉强——就像家庭一样。"艺术家追求完美的尝试一般都不受欢迎,而且有过此种经历的绝不仅波德莱尔一人:爱伦·坡、勒孔特·德·利勒 ① 和戈蒂耶(波德莱尔对他们都曾有过专论)都明白什么叫作"拥有天赋就是对大众的非难与侮辱"。

为了能被大众接受,是否就该趋奉就俗呢? 波德莱尔曾在《恶之花》的一篇序言草稿上写道:"我成心扔出一些垃圾来取悦那些记者先生。他们个个都俗不可耐,令人生厌。"在《我心赤裸》中他也写

---

① 勒孔特·德·利勒(Charles Marie René Leconte de Lisle,1818—1894),法国诗人,波德莱尔的朋友。

道，法国人"是一种拉丁种的动物；家里垃圾成堆不会让他不高兴，而且，在文学方面，他还有吃屎的癖好。他酷爱粪便。咖啡馆文人们将此称为高卢人的趣味。"——这两段话几乎是他创作《狗和香水瓶》的同一时期写下的。

9　晦气的玻璃匠

　　有些人天生就长于思而拙于行，可有时他们也会生发出某种莫名其妙的神秘冲动，且一旦诉诸行动，其速度之快甚至大大出乎自己所料。

　　譬如有的人因为害怕从门房那儿听到噩耗而忐忑地在门外磨叽上个把小时不敢进门，又譬如有的人手头一封信放置半个月不敢拆开，或者拖上半年才不得不开始去做本该一年前即已着手的工作，但这种人有时又发现自己突然受到某种不可抗力的裹胁而行动，犹如箭在弦上而不得不发。伦理学家和医生枉称博学，却无法解释这些懒散而浪荡的人怎会遽然爆发出如此疯狂之力，这些小事不屑做、大事做不了的人，怎么能在某个特定的时刻爆发出超凡的勇气，做出那些最荒唐、甚至往往是最冒险的举动呢？

　　我有位朋友，一位史上最与世无争的梦想家，有一次居然跑到一片林子里放了一把火，据他说，他只是想验证一下大火是否真像他听说的那样容易烧起来。他连试了十次都没成功，到第十一次成功了，却成功得过了头儿。

另一位朋友，要去火药桶旁点燃一支雪茄，只是想试试看，想见识一下，想碰碰运气，想证明自己有能力，想赌一把，体验一下惊悚的快感，或者根本就没目的，不过是百无聊赖、突发奇想而已。

这种能量爆发自某种厌倦和梦想；正如我方才讲过的那样，通常是那些最懒散、最耽于梦想的人才会如此偏执地想表现出这种能量。

还有位朋友，腼腆到男人们看他一眼都要低眉，甚至非要鼓起全身那点儿可怜的勇气才敢迈进一家咖啡馆或通过一家剧院的检票口——在他眼中，那些检票员威严如弥诺斯、埃阿科斯和拉达曼提斯 [1]——可他，居然会猛然扑向一位过路的老人，搂住其脖子狂吻，全然不顾路人惊诧的目光。

怎么会是这样？难道是因为……因为那张面孔激起了他无法遏止的好感么？或许罢；不过，更合理的推断应该是他自己也不知其所以然。

我自己也不止一次地成为这类爆发和冲动的牺牲

----

[1] 弥诺斯（Minos）、埃阿科斯（Éaque）和拉达曼提斯（Rhadamante），希腊神话中的人物，宙斯之子，是冥界的三大判官。

品，这就让我们不得不相信，我们体内一定是钻进了狡猾的魔鬼，怂恿我们下意识地执行他们最荒唐的意志。

有天早上，我打一起床就情绪低落，心灰意懒，闲得发倦，觉得总得搞点儿什么大事、干点儿什么惊天动地的事出来才好；于是我打开了窗子，哎！

（请列位看官注意：某些人的这种突发奇想，不过是歪打正着，而非苦思冥想或精心筹划的结果；它无论体现为何种强烈的欲望，也不过是一时冲动；医生们把这种冲动诊断为歇斯底里，略比医生高明些的人则认为是邪恶；而正是这种冲动，驱使着我们干出了一件件危险的或失当的行为却完全没有抵抗。）

大街上我第一眼瞧见的是个玻璃匠，他的吆喝声尖细刺耳，刺破巴黎沉闷污浊的空气，传入我的耳畔。遽然间，我忿生无由，对这个可怜人顿生凶残的恨意。

"喂！喂！"我喊他上楼。心里却在幸灾乐祸：我住在七楼，楼梯逼仄狭窄，那家伙爬上来一定很吃力，而且也保不齐会剐蹭到他那些易碎货物的边边角角。

他好不容易爬上来了。我故作好奇地察看了他的全部玻璃，然后对他说道："怎么回事？您怎么没有彩色玻璃？怎么没有粉玻璃、红玻璃、蓝玻璃，也没有魔幻玻璃和天堂玻璃？您可真是不要脸！既然敢到贫民区来溜达，竟然不带着能美化生活的彩色玻璃！"我使劲把他推向楼梯，他一边嘟囔着，一边踉踉跄跄地下楼去了。

我走到阳台上，抓起一只小花盆，等那家伙一走出楼门，就把这件武器径直地丢了下去，不偏不斜，刚好砸在他背着的货架边上，这一记重击，砸得那家伙应声倒地，他所有那点儿可怜的家当被压在身子下面碎了个精光，犹如炸雷一声响，劈碎水晶宫。

而我，依然陶醉在一己狂态之中不能自拔，暴怒地狂叫："美化生活！美化生活！"

此类神经质的恶作剧并非没有风险，且往往代价高昂。可是，对于一个瞬间得到了无穷快乐的人来说，无尽的天谴又算得上什么呢？

[**题解与注释**]

一、《晦气的玻璃匠》(*Le Mauvais Vitrier*) 首次发表于 1862 年 8 月 26 日《新闻报》。

《新闻报》有删节。校样上没有波德莱尔的修改。

二、本篇散文诗曾经为"波德莱尔传奇"提供了太多的口实：不少人把诗人和这篇寓言的讲述者等同起来。"人们把我讲过的所有罪过都安在我头上，"波德莱尔在一份《恶之花》序言的草稿上曾这样写道，"这是把仇恨和蔑视当作消遣。"但往往是他自贬在先，而后又抱怨别人诋毁他。事实上，波德莱尔的确没少给自己的传奇添加佐料，如果读一读由克洛德·皮舒瓦和 W.T. 邦迪在《同时代人眼中的波德莱尔》①一书中收集的证据就清楚了。

萨特在其《波德莱尔评传》中摘录了《晦气的玻璃匠》中的很多段落来论述"浪荡作风的两种主要仪式"："故弄玄虚"和"无所为而为的行为"。但波德莱尔并非其自身行为的始作俑者，他的那些行为是

---

① 克洛德·皮舒瓦、W.T. 邦迪：《同时代人眼中的波德莱尔》(Claude Pichois et W.T. Bandy：*Baudelaire devant ses contemporains*)，法国：罗歇尔出版社 (Rocher)，1957 年版。

某种来自外部的、该受诅咒的冲动的结果。"归根结底，他把自己的行为归咎于魔鬼还是歇斯底里都无关紧要；紧要的是他并非自身行为的原因，而是其受害者。除此之外，我们还要指出，他按照自己的习惯，又给我们留下了一扇打开的门：他不信魔鬼。"

萨特本该再引述一下波德莱尔 1860 年 6 月 26 日写给福楼拜的信来支持自己的观点。在这封信里，波德莱尔回答了福楼拜对他在《人造天堂》中关于"邪恶的精神"及其"天主教根源"的论述提出的批评，并认为他对这两方面的论述并不矛盾："您的观察力让我印象深刻，我由于过深地沉迷于追溯自己的梦境，所以发现如果不能假设有某种外部邪恶势力作祟，就不能很好地理解人们某些贸然的行为或奇想，这个毛病始终盘踞在我头脑中挥之不去——彻底坦白了这一点以后，即便整个 19 世纪联手和我叫板我都不会怯场。"

波德莱尔一定也意识到他的这篇散文诗与爱伦·坡的《反常之魔》(Le Démon de la perversité) 在风格上是相通的。他在 1854 年将爱伦·坡的这部短篇小说译成法文辑入了《新怪异故事集》。

10 凌晨一点钟

终于！能一个人待会儿了！除了几辆迟归而疲惫的出租马车辚辚驶过，万籁俱寂。接下来的几个小时，即便不寐，我们也将拥有宁静。终于！众生相的残暴消失了，我将只因自身而痛苦。

终于！我得以放松身心，沐浴在黑暗中了！首先锁门，把门钥匙拧上两圈。我觉得，钥匙拧上两圈，就会强化我的孤独，让现时这座隔开我与外界的壁垒更加牢固。

可怕的人生！可怕的城市！回顾一下这一天吧：会见了几位文人，其中一位问我可否经陆路前往俄罗斯（他肯定把俄罗斯当成岛国了）；与一家杂志的主编大吵了一场，他对每种意见都总回答说"本社持此种君子立场"，言外之意好像其他所有报社的编辑都是无赖；和二十来个人打过招呼，其中有十五位素昧平生；又和同样多的人一一握手，却没想到事先买副手套；暴雨时登楼去了一位杂技女艺人家消遣，那女人曾求我给她画一幅维纳斯特尔式服装的草图；去巴结了一位剧院经理，他却用这番话敷衍我："您最好去找找 Z……他是我所有剧本作者中最笨、最傻也最出名的一个，您同他谈谈或许能有所收获。去找找他吧，回头我们看看情况再说"；吹嘘了几件自己从未做过的下流事（为什么？），又无耻地赖掉了另外几件自己的确曾即兴干过的坏事——真是罪在自吹自擂、罪在无视人性；拒绝帮朋友一个小忙，却为一个十足的坏蛋写了一封推荐函；喔呦！还有完没完？

我不满所有人，也不满自己，在这黑夜的寂静与孤独中，我真想救赎自己，以求得些许安慰。我挚爱过的灵魂呵，我歌颂过的灵魂呵，请让我坚强起来吧，请支持我吧，请让我远离世上的谎言和腐朽的秽气吧；而您，天主，我的上帝，请发发慈悲吧！让我写出一些金玉章句，从而向我自己证明，我并非最卑劣的小人，而且并不比自己蔑视的那些人更卑下！

[题解与注释]

一、《凌晨一点钟》(*À une heure du matin*) 首次发表于 1862 年 8 月 27 日《新闻报》。

《新闻报》有删节。校样上没有波德莱尔的修改。

二、波德莱尔习于自省；这一习惯源自他自幼受到的天主教教育，并因阅读他喜爱的一些作家的作品而坚守经年——这些作家包括约瑟夫·德·迈斯特尔①、阿尔封斯·拉伯、圣伯夫和儒贝尔②。

本篇散文诗与 1861 年第二版《恶之花》中的《一日之末》和 1863 年 2 月 1 日发表于《林荫大道》(*Le Boulevard*) 的《夜思》这两首诗旨趣接近。《夜思》一诗虽以讽刺的风格写成，但与本篇散文诗的主题是一致的。

三、"众生相的残暴"：波德莱尔的这种表达方式

---

① 约瑟夫·德·迈斯特尔 (Joseph de Maistre，1753—1821)，法国政论家、教育家和外交家，其作品《圣彼得堡夜话》(*Soirées de Saint-Pétersbourg*) 对波德莱尔影响很大。

② 儒贝尔 (Joubert)，当指约瑟夫·儒贝尔 (Joseph Joubert，1754—1824)，法国伦理学家、随笔作家。

来自德·昆西 ① ——他在其自传体小说《一个英国鸦片服用者的自白》(*Confessions d'un mangeur d'opium anglais*) 中曾多次运用这种笔法。

四、"手套": 在波德莱尔的散文随笔《火箭》中可以读到这样一句话: "许多朋友, 许多手套——由于恐惧, 由于疥癣。"

五、"维纳斯特尔式": 女艺人无知, 把"维纳斯"说成"维纳斯特尔"。

六、"请发发慈悲吧":《巴黎的忧郁》中的另外两篇散文诗《慷慨的赌徒》和《"手术刀"小姐》中也有类似的祈祷。里尔克 ② 在其 1910 年创作的《马尔特·劳利兹·布里格随笔》(*Cahiers de Malte Laurids Brigge*) 中也曾引用过这段祈祷。

---

① 德·昆西 (Thomas de Quincey, 1785—1859), 英国散文家、文学批评家。
② 里尔克 (Raine Maria Rilke, 1875—1926) 奥地利诗人, 生于布拉格, 逝世于瑞士, 被誉为 20 世纪最伟大的德语诗人之一。

11　野女人和小情妇

　　"说真的，亲爱的，您这么得寸进尺，又不饶人，真是烦透我了；听您这么长吁短叹，人家还以为您受了多大的苦，好像比那些六十多岁还要拾麦穗的老妇人、比那些在小酒馆门前捡面包渣的老乞婆受的苦还多似的。

　　"哪怕您的叹息中有一丝懊悔，也许还能给您自己留些体面；可是，您叹息来叹息去，无非说明您太过安逸，闲得身心倦怠，而且还废话连篇，没完没了：'您得好好爱我！我需要您的爱！这事儿您得安慰安慰我，那事儿您得抚慰抚慰我！'那好，我就来试着治治您的病；我们或许能找个办法，不用花多少钱，也用不着走多少路，去个热闹的地方就行。

　　"请您好好看看，这是个结实的铁笼子，里面关着一只浑身是毛的怪物，外形和您相差无几。它焦躁不安，像个下地狱的人那样狂吼，又像个被赶出家园的猩猩那样暴怒地摇撼铁栅栏；它时而酷似一只猛虎上窜下跳，时而又活像一头北极熊笨拙地左摆右晃。

"这怪物，就是我们通常称作'我的天使！'的那种动物，也就是说，一个女人。另一只怪物，就是手持棍子、拼命喊叫的那个，是她丈夫。这个丈夫像拴牲口一样用锁链把他的合法妻子拴起来，在赶集的日子里把她拉到街市上示众，不用说，肯定是获得了法官的准许。

"快看啦！您看她撕扯驯养员扔给她的活蹦乱跳的兔子和吱嘎乱叫的家禽是多么贪婪（也许不是假装的）！'行了，'男的说，'不能一口气把一天的食物都吃光。'说罢这句明白话，他就粗暴地把猎物从她嘴边夺走了，而猎物被扯出的肠子还在那猛兽的牙齿上——我说的是那女人的牙齿——挂了好一会儿。

"好吧！狠狠给她一棍子，就能让她安静下来！因为她那凶残的目光还贪婪地盯着被夺走的食物。老天爷啊！那棍子可不是演出道具，尽管那女人披着假毛皮，您是不是还能听见棍子打在皮肉上发出的响声？同样，她的眼珠子现在快要从脑门儿上冒出来了，叫得也更逼真了。狂怒中，她浑身冒火，就像正在锻打的铁块。

"这就是夏娃和亚当两系后裔夫妻间的生活常态，哦，上帝，那可是您亲手创造的杰作呵！虽然这女人并非没有领教过获赠鞭笞带来的那种酥麻的享受，但她毕竟是不幸的。可世上还有些不幸更不可救药，且无法弥补。不过，在她被抛入的这个世界里，她永远不可能知道，作为女人，她还能有什么别样的命运。

"现在，您这个矫情的女人，该谈谈咱们俩了！您看这世界上到处遍布地狱，您想让我怎么看待您那可爱的地狱呢？您在那个地狱里，每天躺在如您的肌肤般丝滑的织物之上，吃着由熟练的仆人精心切制成的一片片烹饪好的肉食。

"您这壮硕的风情女人，您香喷喷的酥胸发出的这阵阵微叹，对我又能意味着什么呢？所有这些从书本里学来的造作，这种乐此不疲的伤感，究竟有什么意思呢？它非但不能惹人怜爱，反倒会引发适得其反的情感。说心里话，我有时真想让您见识一下什么才是真正的不幸。

"百般不如意的美人呵，我见您脚陷泥淖，茫然举目望天，仿佛在求老天赐给您一位国王，活像一只想寻求理想的小青蛙。假如您蔑视碌碌无为之辈（您很清楚，我如今就是这种人），那您可得当心那只鹤，它会咬您，吞了您，一高兴就会杀了您！

"我虽是诗人，但也不像您想象的那么容易上当，

您若是老和我玩这套娇情的假悲情，把我惹毛了，我
会像对付那个野女人一样对付您，或者把您像扔个空
瓶子一样从窗口扔出去！”

[题解与注释]

一、《野女人和小情妇》(*La Femme sauvage et la petite-maîtresse* ）首次发表于 1862 年 8 月 27 日《新闻报》。

《新闻报》有删节。校样上没有波德莱尔的修改。

二、1859 年 12 月和 1860 年 7 月，波德莱尔在与友人的通信中曾经谈到，他原本打算将这篇散文诗与《诱惑，或情爱、财神与荣耀》《美丽的多罗泰》和《慷慨的赌徒》一起写成韵文诗，并收入第二版《恶之花》。但因时间不够，他最终放弃了该计划。我们不能像某些心怀恶意的评论那样断言说散文诗不过是韵文诗的提纲，这篇散文诗之所以没有写成韵文诗，无非是波德莱尔没来得及罢了，况且波德莱尔在创作时始终竭力避免"让人看似展示诗歌提纲"（1861 年圣诞节致乌塞耶的信）这种情形出现的。

《野女人和小情妇》展示了集市上的场景，波德莱尔本人很喜欢对其中的象征意义进行对照和比较（可参看《人群》《寡妇们》《卖艺老人》《穷人们的眼睛》和《假币》诸篇）。至于那个野女人的故事，在当时家喻户晓，其他出版物中也提到过，比如 1831

年出版的《巴黎，或一百零一个故事之书》(*Paris, ou le Livre des cent et un*)第二卷中有一篇《游方郎中、江湖骗子、活生生的奇观及其他》(*Chatalans, jongleurs, phénomènes vivants, etc.*)，讲了"一个野女人吃生肉"的故事；1838年，这个故事被杜梅尔森[①]和瓦兰[②]改编成滑稽戏搬上舞台，大受欢迎，二十五年间曾多次重演；另外，在一首据认为是奈瓦尔[③]作词的歌曲《万家博物馆》(*Musée des familles*)中，也唱到过"一个野女人生吃活禽"。

三、"碌碌无为之辈"：典出拉封丹（Jean de La Fontaine，1621—1659)《寓言诗》卷三第四篇《青蛙请立国王》(*Les Grenouilles qui demandent un roi*)：青蛙们厌倦了民主政体，请求朱庇特给它们派一位国王。朱庇特先是给它们派来一根梁木，但青蛙们很快就对这位温和宽厚的君主产生了不满，执意要求朱庇特再给它们派一位"会动的"国王来。于是朱庇特派来一只飞鹤，这只鹤"杀它们，嚼它们，兴致一来就

[①] 杜梅尔森（Théophile Marion Dumersan，1780—1849），法国剧作家，同时是滑稽剧作家和诗人。

[②] 瓦兰（Charles Varin，1798—1869），法国剧作家。

[③] 奈瓦尔（Gérard de Nerval，1808—1855），法国诗人。

把它们囫囵吞下去"。青蛙们叫苦连天，但朱庇特回答得也很干脆：

> 你们本该
>
> 维持你们原来的政体，
>
> 既然没有那么做，那你们就该
>
> 对第一位温和宽厚的国王感到满意才是。
>
> 现在你们还是对这位国王感到满意吧！
>
> 否则怕还会碰到一个更坏的。①

---

① 本段译文引自远方译《拉封丹寓言诗》，人民文学出版社 1982 年版，第 86—87 页。

12　人　群

　　并非人人都能融入大众：能享受人群，那可是一门艺术。惟有在摇篮中已受到仙女熏陶的人——那些喜好化妆与面具、憎恶居家、酷爱旅行的人——才有可能弃众生而独享其乐。

　　众人即孤独：对勤奋且多产的诗人来说，二者是同义语，可以互换。不懂得将一己孤独舍乎众者，也就不懂得凡庸中何以独处。

　　诗人享有这份殊绝的特权，他可以随心所欲，做自己，做他人。他只要愿意，就可以像游魂寻觅宿主一样随意变换身份角色。一切都只对他敞开；若有某些去处似乎闭门不纳，也是因为在他看来那地方压根儿就不值得光顾。

　　那孤独的、沉思的漫步者，他从这尘世的心灵交往中汲取着一种独有的迷醉。能轻松融入大众的人，方可领受那醉人的快乐。对那些如密闭箱子般坚拒他人的利己者，对那些自我蜷缩如软体动物的懒汉，终究与玩味此种乐趣无缘。对机缘赐予他的所有行当、所有欢乐、所有不幸,他都来者不拒欣然接受。

与这种难言的狂喜相比,与这种灵魂的神圣献身相比——此种神圣献身,将自身的一切,无论是诗还是慈悲,全都奉献给了不期而遇者,奉献给了过路的陌生人——我们所谓的爱情着实渺小、有限、脆弱。

有时,真有必要让世上那些幸福的人明白——哪怕是暂时挫挫他们愚蠢的自尊也好——有一种幸福比他们的幸福更高尚、更广义,也更纯粹。那些海外领地的开拓者、化育民众的神父、浪迹天涯的传教士,无疑能体味到这种迷醉的天机;而且,身处由其自身天赋营造出的广阔的大家庭当中,他们有时一定还会嘲笑那些同情其动荡的命运、质朴的生活的人罢。

[题解与注释]

一、《人群》(*Les foules*) 首次发表于 1861 年 11 月 1 日《幻想家评论》(*Revue fantaisiste*),再发表于 1862 年 8 月 27 日《新闻报》。

《新闻报》有删节。校样上没有波德莱尔的修改。

二、"艺术家从与民众的心灵交往中获得享受"是波德莱尔作品中经常涉及的主题(可参看《恶之花》中的"巴黎即景"系列组诗、《现代生活的画家》以及《寡妇们》和《卖艺老人》)。在《巴黎的忧郁》中,这种"融入大众"的情趣随处可见,而且诗人喜爱的作家和艺术家(如爱伦·坡、居伊[①]、德·昆西、巴尔扎克、霍夫曼[②]等)也常常涉及这一主题。

爱伦·坡的一篇短篇小说《投入人群的人》(*L'homme des foules*)与本篇散文诗的主题十分接近。波德莱尔特别喜爱这部作品,在 1854 年动手将它译成法文之前就已在 1852 年发表的第一篇评论爱伦·坡的文章中介绍过。他曾多次提及这部

---

① 居伊(Constantin Guys,1802—1892),法国画家。
② 霍夫曼(Ernst Theodor Wilhelm Hoffmann,1776—1822),德国小说家,德国浪漫主义文学代表人物,其作品风格怪异。

短篇小说，并在《现代生活的画家》第三章中，在评论法国画家居伊时写道：

> 你们还记得那一幅由本世纪最有力的笔写出的、题为《投入人群的人》（那的确是一幅画呀！）吗？在一家咖啡馆的窗户后面，一个正在康复的病人愉快地观望着人群，他在思想上混入在他周围骚动不已的各种思想之中。他刚刚从死亡的阴影中回来，狂热地渴望着生命的一切萌芽和气息。因为他曾濒临遗忘一切的边缘，所以他回忆起来了，而且热烈地希望回忆起一切。终于，他投入人群，去寻找一个陌生人，那陌生人的模样一瞥之下便迷住了他。好奇心变成了一种命中注定的、不可抗拒的激情。
>
> 请设想一位精神上始终处于康复期的艺术家，你们就有了理解 G 先生①的特点的钥匙……
>
> 如天空之于鸟，水之于鱼，人群是他的领域。他的激情和他的事业，就是和群众结为一体。对一个十足的漫游者、热情的观察者来说，

———————

① 指居伊。

生活在芸芸众生中，生活在反复无常、变动不居、短暂和永恒之中，是一种巨大的快乐。离家外出，却总感到是在自己家里；看看世界，身居世界的中心，却又为世界所不知，这是这些独立、热情、不偏不倚的人的几桩小小的快乐，语言只能笨拙地确定其特点。观察者是一位处处得享微行之便的君王。生活的爱好者把世界当作他的家，正如女性的爱好者用找到的美人（不管是可找到的，还是不可找到的）组成他的家，就像绘画爱好者生活在一个被画在画布上的迷幻迷惑的社会中一样。因此，一个喜欢各种生活的人进入人群就像是进入一个巨大的电源。也可以把他比作和人群一样大的一面镜子，比作一台具有意识的万花筒，每一个动作都表现出丰富多彩的生活和生活的所有成分所具有的运动的魅力。这是非我的一个永不满足的我，它每时每刻都用比永远变动不居、瞬息万变的生活本身更为生动的形象反映和表达着非我。一天，G 先生目光炯炯，手势生动，在谈话中说："任何一个不被一种过份实在的使他不得不耗尽所有才能的忧虑所苦的人，任何一个在群众中感到厌烦的人，都是一个傻瓜！一个傻瓜！我蔑视他！"①

与本篇散文诗主题相近的还有巴尔扎克1836年的一部短篇小说《法西诺·卡讷》(*Facino Cane*)：

> 惟有一种激情可以让我暂时放弃好学的习惯：我喜欢观察我所住街区的各种风俗习惯，喜欢观察当地的居民及其性格。这不也是一种研究么？我和工人们穿得一样寒酸，又无拘无束，所以他们对我倒也丝毫没有戒心；我可以混迹他们的圈子，看他们做买卖，看他们下班后怎样吵架。对我来说，这种观察俨然形成了一种直觉，它既可以不忽略外表，又能深入到对方的灵魂；或者换种说法：由于我能非常准确地抓住一切外在的细节，所以能马上由表及里，深入内心。当我观察一个人的时候，我能设身处地去过他的生活，就像《一千零一夜》里的苦行僧一样，可以附他人之身、借他人之口言说。

---

① 本段译文引自郭宏安译《波德莱尔美学论文选》，人民文学出版社1987年版，第479—482页。

……听着这些人谈话，我就能与他们的生活融为一体，仿佛自己身上就穿着他们那身破旧不堪的衣服，脚上就套着他们那双满是窟窿的鞋子；他们的欲望，他们的需求，一切的一切都浸透我的灵魂，我的灵魂和他们的灵魂已融为一体。这就像一个人睁眼做梦一样……为了满足精神上的某些欲望，我可以随意改变自己的习性，变成他人，这就是我的消遣。

三、"憎恶居家"：参看《我心赤裸》："研究惧怕居家这种重病。研究其病因。研究这种重病的加重趋势。"

四、"灵魂的神圣献身"：在波德莱尔的作品中，"献身"一词具有二重性。可以参看他在《火箭》中的这段笔记：

爱情，就是献身癖。甚至没有什么高贵乐趣不能归结为献身。

演出中，舞会上，人人都取乐于众。

艺术是什么？献身。

与人群为伍的乐趣，是对多多益善的享受的

一种神秘表达。

　　整体是数。整体中有数存焉。个体中亦有数存焉。迷醉便是一种数。

13　寡妇们

　　沃弗纳格 ① 说过，公园里总会有些小径，于此出没的大多是一些落寞的野心家、生不逢时的发明人、声名狼藉者和心碎的人，以及所有那些心绪不宁、自我封闭的灵魂，他们的胸中依旧激荡着暴风雨过后的最后一声叹息，而且总是远避那些快乐或悠闲的游人。这些浓荫僻静的角落便是失意者们的碰头之所。

　　诗人和哲学家尤其愿意去这种场所驰骋其饥渴的遐想。那里确有题材。因为正如我方才的暗示，如果说有什么地方他们不屑一顾，那一定是富人们的寻欢作乐之所。那种空虚中的喧闹丝毫不能引起他们的兴趣。相反，那弱小的、被毁灭的、令人伤痛欲绝和孤苦无助的一切，才对他们有着不可抗拒的吸引力。

　　老道的目光绝不会看走眼。从那些僵硬或消沉的

---

① 沃弗纳格（Luc de Clapiers，marquis de Vauvenargues，1715—1747），法国作家、伦理学家和散文家，代表作为《人类心智认知导论》（ *Introduction à la connaissance de l'esprit humain* ）。

面容上，从那些凹陷暗淡或闪烁着最后的抗争之光的双眼中，从那些既深且密的皱纹里，从那些蹒跚踉跄的步履中，种种传说会在那道目光之下不攻自破，无论是被欺瞒的爱情、被埋没的忠诚、得不到回报的努力，还是在卑微中隐忍的饥寒。

您可曾偶尔见过那些在孤零零的长凳上独坐的寡妇、那些贫寒的寡妇呢？无论她们是否穿着丧服，一眼都能看出来。而且，穷人的丧事中总是少点儿什么，缺少一种令人心碎的和谐。穷人家办丧事只能节俭自己的悲痛。而富人则大事铺张。

哪种寡妇最为凄凉、最引人伤感？是手牵幼儿却不能与之分享自己梦想的寡妇，还是孤身一人的寡妇？我说不清楚……有一回，我曾长时间尾随一位经历了丧夫之痛的老妇人；她神色严峻，身子板直，披着一条短短的旧披肩，周身散发出一种禁欲主义者的高傲。

很显然，由于独身，她注定得习惯于单身老人的生活，而她个人品性中的男子气概又为她的峻厉平添了一抹神秘的动人气质。我不知道她去了哪家寒酸的咖啡馆，也不知道她怎么吃过午餐。我跟着她走到阅报亭，长时间地窥视她翻阅报纸，见她曾被泪水灼痛的双眼在热切地翻找着感兴趣并合乎个人口味的消息。

终于，到了下午，在一片迷人秋色的长天之下，在一片倾洒下无尽懊悔和回忆的长天之下，她坐在公园中的一个偏僻角落，远离人群，为的是聆听一场娱乐巴黎民众的军乐演奏。

这无疑就是这位纯洁的老妇人（或者说，是这位净化的老妇人）的一番小小的放纵吧，这也许是多少年来，每年三百六十五次，在上帝赐予她的那些没有朋友、没有交流、没有快乐、没有知己的沉重日子里，她所赢得的一点点宽慰吧！

还有一位：

我总忍不住要瞥一眼对那些聚集在公众音乐会场地四周的大群贫民，即便不是出于泛泛的同情，至少也是好奇心使然。乐队透过夜色，送出一首首节庆的、凯旋的或欢快的乐曲。场内，拖地的长裙闪闪发光；众人的目光穿梭往复；因无所事事而倦怠的有闲者们摇头晃脑，摆出一副懒洋洋欣赏音乐的样子。此地，惟有富人，惟有幸福；他们的一呼一吸，尽显其无忧无虑，快乐自在；而场外那群贫民的穷相则属于例外，他们挤在栏杆外，正免费地随风捕捉着乐曲的片段，张望着场内的盛况。

以穷人之眼观望富人寻欢作乐终归是一件趣事。而那一天，就在身着工装和印花棉布衣裙的人群当中，我见到了一个人，其高贵的气质与四周的庸俗气氛格格不入。

这是一位身材修长、神态端庄的女人，其举止高贵无比，我不记得在历代贵妇和美女肖像中见过此类女性。她周身散发出一种高尚情操的芬芳。她的面颊清减而有忧色，与身上的孝服搭配得体。她混迹于平民中却漠视他们的存在，她深沉的目光也投向灯光明亮的场内，一边聆听音乐，一边轻轻点头。

多么奇特的景象呵！"我敢说，"我自言自语，"这种贫穷，即便是真穷，也不该如此苛刻自己；一张高贵如斯的面孔已经向我证明了这一点。可她为什么偏偏愿意混在这样一群人中而又如此独立不群呢？"

可当我好奇地走近她时，我相信自己已经猜出了其中的缘由：这高个子寡妇手里牵着一个孩子，也像她一样穿着黑色的丧服；入场券再怎么便宜，那点儿小钱也许就能满足小家伙儿的一个要求，说不定够买一件奢侈品——一个玩具呐！

她还得徒步走回家去，沉思着，梦想着，孑然一身，永远孤独；因为孩子闹人，只顾自己，不懂温情，也没有耐性；甚至还不如一只纯粹的小宠物——比如说小猫小狗——那样，为孤独的痛苦送上知心的慰藉。

［题解与注释］

一、《寡妇们》(*Les Veuves*)首次发表于 1861 年 11 月 1 日《幻想家评论》，再发表于 1862 年 8 月 27 日《新闻报》。

《新闻报》有删节。校样上没有波德莱尔的修改。

二、本篇散文诗再次涉及《恶之花》中《小老妇》一诗的主题，笔法则近于《为一位过路女子而作》。与之相近的还有《老妇的绝望》和《窗口》这两篇散文诗。波德莱尔在其《计划与说明》(*Plans et notes*)中曾将本篇的题目定名为《穆扎尔花园门前的高个子伤感寡妇》(*La grande Veuve mélancolique devant le jardin de Musard*)。

另外，在奥斯曼 ① 对巴黎进行大改造之前，今天的蒙田大街就叫作"寡妇小道"(Allée des Veuves)，十分荒凉，为欧仁·苏创作《巴黎的奥秘》(*Les Mystères de Paris*)提供了理想的场景。

---

① 奥斯曼（Georges Eugène Haussmann，1809—1891），法兰西第二帝国时期的塞纳大省省长、巴黎警察局局长，曾在拿破仑三世的支持下对巴黎进行大规模城市改造。

三、"沃弗纳格说过……": 1857 年，D.-L. 吉尔贝出版社（l'édition D.-L. Gilbert）出版了《沃弗纳格全集》（Œuvres），波德莱尔引用的这段话即来自其中《关于若干主题的思考》（Réflexions sur divers sujets）第四十章《论深藏的痛苦》（Sur les misères cachées）。1857 年 12 月 20 日，《法兰西评论》（Revue française）发表了一篇书评，书评中也引用了这段话，波德莱尔或许就是从这篇书评中读到这段话的。圣伯夫在其《周一漫谈》（Lundis）第三卷中称这部《沃弗纳格全集》的出版是《恶之花》案审理期间"真正重大的文学事件"。

四、"我曾长时间尾随一位经历了丧夫之痛的老妇人"：可参阅《恶之花》中的《小老妇》一诗："呵，我曾尾随这些老妪！"在创作札记中他也曾写道："我尾随了一位小老妇。"在《可怜的比利时！》中还表达了"想去运河边看看小老妇"的愿望。

14 卖艺老人

到处是熙熙攘攘、高高兴兴涌上街头休闲的人群。这是一年中最盛大的节日之一，那些街头卖艺的、变戏法的、耍猴儿戏的和流动商贩早就盼着这一天了，指望着能弥补一下一年中各个淡季的损失。

每逢这样的日子，我觉得大众就忘记了一切，忘记了痛苦与劳作，变得跟孩子们一样。对小家伙们来说，这是放假的一天，是将上学的恐惧抛到脑后二十四小时的一天。对大人们而言，则是与生活中强大的恶势力宣布停火的一天，是在共同的紧张和竞争中的一次短暂的休整。

甚至上流社会的人和脑力劳动者本身也很难不受这种民众节日的感染。尽管不情愿，他们仍从民众那种无忧无虑的气氛中分享到了自己那一份。而我，作为一个地地道道的巴黎人，去领略盛会期间那些花样翻新的货摊，我可不会坐失这种良机。

的确，这些货摊之间正在进行激烈的竞争：摊贩们吆喝着，叫嚷着，吼叫着。尖叫声、铜器的撞击声、施放焰火的爆炸声汇成一片。那些小丑和愚仆玩命地挤眉弄眼，他们的脸因风吹日晒雨淋而黧黑干瘦；他们有若对自己的演技自信满满的喜剧演员，像莫里哀喜剧中亦庄亦谐的丑角那样，旁若无人地甩出一句句俏皮话和玩笑话。那些耍把势的大力士，炫耀着发达的四肢，像猩猩一样前额低垂，颅骨塌陷，身子裹在前一天晚上才洗好的紧身衣里，威猛而神气活现地卖弄着即兴的绝活。那些美若天仙或公主的舞女在灯火下跳跃着，旋转着，舞裙被灯火照耀得闪闪发光。

一切都无非是光亮、尘灰、尖叫、欢乐和喧哗；有人掏钱，有人赚钱，掏钱的赚钱的皆大欢喜。孩子们拽着母亲的裙衬，讨要一根棒棒糖，或爬上父亲的肩头，好更清楚地观看像神一样让人眼花缭乱的魔术师。四处漂浮着油炸食品的气味，那气味遮掩了所有香气，仿佛是该节日的专利。

在一排排货摊的尽头，最尽头，我看见一位可怜的卖艺人，他仿佛自惭形秽，主动逃离了那华丽的场面。他驼背，苍老，衰弱，人已朽迈，背靠自家窝棚的一根柱子；那窝棚比最愚昧的野蛮人的茅舍还要寒伧，屋里点着两根蜡烛头，烛泪流淌，冒着油烟，把那破败光景映照得格外刺眼。

到处是欢乐、交易和放荡；到处是今朝有酒今朝醉；到处是生命力狂热的宣泄。而这里却只有绝对的悲惨，更为可怕的是，这种悲惨在褴褛的滑稽服装映衬下更显得不伦不类，造成此地这种反差的不是艺术，而是求生的本能。这可怜的人！他不笑，不哭，不跳舞，无动作，也不喊叫；他不唱歌，欢快的哀伤的都不唱，也不哀求。他默不做声，一动不动。他已然放弃了，已然认输了。他的命运已经定格。

人潮在离他那倒胃口的悲惨几步远的地方就止住了，然而他投向人群和光亮的目光是那么深沉，令人难忘！我感到自己的喉咙被一只狂暴的手扼住，眼睛也似乎为强忍的泪水所模糊了。

怎么办？何必再去问这不幸的人，在这片恶臭的黑暗中，在这块破烂的幕布后，他还能表演出什么新招儿和绝活儿呢？说实话，我不敢去问；我不好意思去问，哪怕会让你嘲笑我也得说，我是怕让他难堪。最后，我决定在经过时将一点钱放在他的表演场地上，希望他能明白我的心意，可就在这时，不知出现了什么骚动，一股巨大的人流涌来，把我远远地抛离了他。

回家的路上，那个景象一直萦绕在我心头，我试图分析自己那突如其来的痛苦，寻思道：我刚才所见，是一个老文人的形象，他曾出色地娱乐过一代人，如今仍苟活于世；那又是一个老诗人的形象，他没有朋友，没有家庭，没有子女，被自己的贫困和忘恩负义的公众贬损得一文不值，他的窝棚，健忘的世人再也无心光顾！

[题解与注释]

一、《卖艺老人》(*Le Vieux Saltimbanque*)首次发表于 1861 年 11 月 1 日《幻想家评论》,再发表于 1862 年 8 月 27 日《新闻报》。

《新闻报》有删节。校样上没有波德莱尔的修改。

二、在浪漫主义时代,小丑的形象风靡一时,滑稽戏也大行其道,最有名的是杜梅尔森和瓦兰 1838 年创作的滑稽戏《小丑们》(*Les Saltimbanques*),曾连续上演十年以上,同时风行的还有杜米耶 [①] 的讽刺版画。让·斯塔罗宾斯基 [②] 曾就此写过一部非常著名的作品《小丑艺术家肖像》(*Portrait de l'artiste en saltimbanque*),日内瓦斯基拉出版社(Skira)1970 年版,法国伽利玛出版社 2003 年版;让·克莱尔 [③] 也曾以小丑为主题搞过两场很不错的展览:《盛大游行》(*La Grande Parade*)和《小丑艺术家肖像》(*Portrait*

---

① 杜米耶(Honoré Daumier,1808—1879),法国画家、雕刻家、擅长讽刺漫画、石印画及雕塑,其讽刺画风靡全欧。

② 让·斯塔罗宾斯基(Jean Starobinski,1920—),瑞士思想史学者,文学理论家,医生,日内瓦大学荣誉教授,日内瓦学派的著名批评家之一。

③ 让·克莱尔(Jean Clair,1940—),法国作家,艺术史学家,曾任巴黎毕加索博物馆馆长,2008 年当选法兰西学院院士。

de l'artiste en clown)，法国伽利玛出版社与加拿大美术馆 2004 年联合出版。

传统上，小丑不过是一个随便说说的字眼，但到了浪漫主义时期，小丑变成了一个可以虚构的主角，同时成为了艺术家的象征。到了 19 世纪中叶，小丑题材成为了人人涉猎的场域，其中邦维尔用力最勤，他在 1853 年写过一篇《可怜的小丑们》(*Pauvres Saltimbanques*)，与本篇庶几相类：

> 那些可怜的小丑使出了浑身解数也无济于事，人群散开了，一分钱也没赚到，他们哭了……

> 这是我刚刚想象出来的故事，是艺术家生活的象征。

> 我给这个令人伤心的故事起这样一个标题并非没有理由，在这本小书中，我要写下我们的辉煌、我们的苦难和我们的梦想。

> 小丑们，可怜的小丑们，这些充满灵感的诗人，这些陶醉于激情的喜剧演员，这些富于表现力的声音，这些小提琴和里拉琴的演奏者，这些才华横溢的傀儡，他们的行当，如贺拉斯 ① 所

---

① 贺拉斯（Horace，前 65—前 8），古罗马诗人、批评家、翻译家，代表作有《诗艺》等。

说，首先是哭的职业，其次才是逗大众欢笑，惹大众痛哭！须知，小丑是独立而自由的艺术家，从没想过踏进任何一所专业院校，他们以表演绝活儿挣来每天的面包，他们迎着阳光歌唱，在星空下起舞，如果不是这样，他们干嘛要去当小丑？

邦维尔1856年出版的诗集《奇异之歌》(*Odes funambulesques*) 中有若干同样主题的诗篇。尚弗勒里1852年出版的短篇小说《蜡面人》(*L'Homme aux figures de cere*) 和1859年出版的《杂技艺人回忆录》(*Souvenirs des Funambules*) 中也有类似的主题。

15　蛋　糕

　　当时我正在旅行。我置身于其间的那个所在，气象万千，有一种不可抗拒的恢弘与壮丽。那一瞬间，一定有什么东西掠过了我的灵魂。我的思绪轻盈地飘飞起来，一如轻盈的空气；那些平庸的激情，如仇恨或世俗之爱，现在似乎都离我远去，有若脚下深渊中流动的浮云；在包容我的天穹中，我觉得自己的灵魂同样辽远，同样纯净；一切有关尘世的记忆，如远山斜坡上几乎望不见的牧群传来的铃声，微微地、淡淡地掠过我的心头。那平静的小湖，深邃而幽黯，湖面上不时飘过一片云影，就像空中腾飞的一位巨人的披风倒映在水面。如今我仍记得万籁俱寂的巨大冲动所引发的那种肃穆且不同寻常的感觉，让我心中充满了一种敬畏的喜悦。总之，多亏了四周的这种激动人心之美，我感到自己已然同宇宙完美融合；我甚至相信，置身于这种忘却了一切尘世之恶的至福当中，我已开始认为那些宣扬人人生而善良的报纸不再是那么可笑了；——此时，我那不可救药的皮囊有了新的需求，我想稍事休息，吃些东西，缓解一下因长时间登山造成的疲劳。我从袋子里掏出一大块面包、一只皮杯子和一瓶某种酏剂，当时这种水醇溶液是由药房配制的，供旅行者在必要时与雪水掺合起来服用。

我不慌不忙地切着面包，忽然传来一阵轻微的声响，我不由得抬起头来。只见一个衣衫褴褛的小孩子站在我面前，面孔黑黝黝的，头发乱蓬蓬的，一双凹陷的、怯生生的、仿佛哀求的眼睛死盯着那块面包。只听他低声而沙哑地喃喃吐出两个字：蛋糕！听到他竟如此郑重其事地称呼这块近乎全白的面包，我不由得哑然失笑，于是切下一大片递给他。他慢慢蹭到我面前，目不转睛地盯着他那垂涎之物；然后一把抓过面包，急速后撤身，好像生怕我不是诚心给他或已经后悔给他了似的。

说时迟那时快，不知从哪儿蹿出一个野小子把他推倒了，这孩子长得跟刚才那个一模一样，活脱是一对孪生兄弟。两个孩子在地上翻滚扭打，争夺那宝贵的战利品，肯定是谁都不肯分一半儿给自己的兄弟。头一个气急败坏，揪住后一个的头发；后一个则咬住头一个的耳朵，随着用方言骂出一句漂亮的脏话，嘴里吐出一小块血淋淋的肉来。蛋糕的合法主人伸出小爪子，试图抠进抢夺者的眼睛；另一个则使出全力，一只手掐住对手的脖子，另一只手拼命想把战利品塞进自己的口袋。但失败者因绝望而愈加神勇，他爬起来，向得胜者的肚子一头撞去，撞得对手满地打滚。何必再去描绘这场厮杀呢？实际上，这场争斗持续了很长时间，超出了孩子们的气力所能允许的程度。每时每刻，那块蛋糕从一只手滚到另一只手，从一个口袋里变换到另一个口袋；不过，哎！蛋糕却变得越来越小；到了最后，两人都筋疲力尽，气喘吁吁，浑身是血，再也打不下去了，而且说实话，争斗的目标已不复存在；那片面包早已无存，变成了沙粒般的碎屑混入沙子里。

这一幕让我眼前的风景黯然失色，见到这两少年之前，让我的灵魂沉浸其中的那种静谧的欣悦已不知所踪；我伤心了许久，不停地念叨着一句话："竟有这样一处胜境，此地，面包被称为蛋糕，这种甜点如此稀罕，居然足以酿成一场十足的手足相残的战争！"

[题解与注释]

一、《蛋糕》(*Le Gâteau*) 首次发表于 1862 年 9 月 24 日《新闻报》。

二、与本篇散文诗背景相近的是波德莱尔青年时代的一首诗：1838 年，他随母亲和继父去比利牛斯山区旅行，旅途中有感而发，写下了《乖离》(*Incompatibilité*) 一诗，时年 17 岁。

与《艺术家的悔罪经》《双重屋》和《小丑和维纳斯》一样，本篇散文诗同样表达了一种对充实之生活的迷醉。

三、"人人生而善良"：波德莱尔时刻不忘抨击卢梭"人人生而善良"的理论。在他看来，人"天生是堕落的"(《火箭》)。

16 时 钟

中国人用猫眼观察时辰。

一天，一位传教士在南京城郊散步时发现忘了带怀表，便问一个小男孩当时几点了。

那个天朝的小淘气先是迟疑了一下，随即又变了主意，回答说："我这就告诉您。"不大一会儿工夫他就回来了，怀里抱着一只肥猫，像别人说的那样，他看了看猫的眼白，毫不犹豫地说："还没到中午呐。"他说的一点儿没错。

至于我，如果我俯下身去看我那美丽的菲丽娜——这名字取得多好，因为她既是女性的光荣，又是我心中的骄傲和精神上的芬芳——在她令人赞叹的目光深处，无论白天还是黑夜，无论阳光灿烂还是暗影朦胧，我总能清晰地看到时辰，那总是同一个时辰，一种如空间般辽远、庄严、伟大的时辰，没有分秒之别——那是一种静止的时辰，时钟上并不显示，却又轻喟如叹，迅若惊鸿一瞥。

倘若我的目光正停留于那精妙的表盘之上，有哪个讨厌鬼来烦我，或有哪个无礼或较真儿的精灵、哪个不识趣的魔鬼来问我："你那么认真，看什么呢？你在这生灵的眼睛里发现什么了？你看到时辰了么，你这浪荡懒惰的凡人？"我会脱口而出："没错，我看到了时辰；那时辰便是永恒！"

夫人，这不正是一首真正值得赞赏、并像您本人一样出彩的情诗么？真的，我如此执著地编凑这首造作的情诗，并不指望您有任何回报。

[题解与注释]

一、《时钟》（*L'Horloge*）首次发表于 1857 年 8 月 24 日《现时》（*Le Présent*），再发表于 1861 年 11 月 1 日《幻想家评论》，又发表于 1862 年 9 月 24 日《新闻报》。

二、波德莱尔创作这篇散文诗的灵感，来自古伯察神父 ①1854 年出版的那部著名的作品《中华帝国纪行》（*L'Empire chinoise*）第二卷第八章第 329— 330 页：

> 一天，我们动身去走访几家信教的农户。在一个农舍附近，我们遇到一个正在放牛的少年。从他身旁走过时，我们漫不经心地问了一句，不晓得到了中午没有。那孩子抬头望望天空，发现太阳躲到厚厚的云层里去了，所以他没能回答上来。'天上云太多了，'他对我们说，'你们稍等

① 古伯察神父（le Père Évariste Régis Huc，1813—1860），法国遣使会传教士，19 世纪中叶来到中国，先后在澳门、广州、北京、内蒙古、西藏、四川、湖北、江西等地旅居和游历，著有《中华帝国纪行》《鞑靼西藏旅行记》等作品。

一下……'说完这句话，他便朝农舍跑去。几分钟后就回来了，怀里还抱着一只猫。'还没到中午呢，'他说，'你们瞧这儿……'他一边说，一边用手扒开猫的眼皮，让我们看猫的眼珠子。我们惊讶地望着那个孩子，发现他一脸真诚；然后再看那只猫，那只猫尽管也很惊慌，而且不大情愿被人拨弄眼睛，但依旧很乖。'好的，'我们对那孩子说，'确实还没到中午。谢谢你。'那少年放下猫，那猫一着地就溜之大吉了。我们则继续赶路。

说老实话，当时我们对这种新的计时方法并不明白，但又不想请教那个不信教的孩子，担心在他面前出丑，让他笑话我们这些欧洲人无知。所以到达一个教徒家里时，我们就赶紧问那几位中国教徒，是不是观察猫眼就能断定时辰。他们没料到我们会问这样一个问题，似乎有些意外。不过，我们心想，在他们面前把自己不懂猫眼特点的实情说出来也没什么好丢脸的，于是就把刚才在路上发生的事说了一遍。其实，说一说真是有必要，我们这些新入教的教友可热情了，他们听完以后，马上就在村里村外给我们逮猫，转眼之间捉来三四只，并开始向我们解释利用猫眼计时的道理。他们告诉我们说，天亮以后，猫眼的瞳孔就逐渐缩小变窄，到了中午十二点，就变成了一根细如发丝的线，而且恰好垂直地竖在眼球正中的位置。十二点一过，瞳孔又开始放大。我们仔细检查了每只猫的眼睛，得出结论说，当时已过正午，所有的猫眼都一致地证明了这个判断。

三、"美丽的菲丽娜"：《恶之花》第二版有一份清样，上面有一行神秘的献辞："献给我最亲爱的菲丽娜。夏尔·波德莱尔。"人们发现，在波德莱尔的随笔中也提到过一位身份不明的菲丽娜。本篇散文诗在《新闻报》上发表时，乌塞耶曾想用"妮茜雅"①这一名字取代"菲丽娜"，但遭到了波德莱尔的拒绝。

另外，这篇散文诗在《现时》和《幻想家评论》上发表时，写的是"可爱的猫"而非"美丽的菲丽娜"。在《新闻报》发表时才第一次以"美丽的菲丽娜"代替了"可爱的猫"。

---

① 妮茜雅（Nyssia），古希腊吕底亚国王坎道列斯（Candaule）的妻子，因坎道列斯指使自己的仆人巨吉斯（Gygès）偷窥她的裸体而与巨吉斯合谋杀死了自己的丈夫，王位也被巨吉斯攫取。妮茜雅的传说曾激发戈蒂耶创作了短篇小说《坎道列斯国王》(*Roi Candaule*)。

《现时》文本：

　　至于我，如果我怀中抱着我那可爱的猫，抱着我那亲爱的猫，那是因为它既是其种群的光荣，又是我心中的骄傲。

《幻想家评论》文本：

　　至于我，如果我怀中抱着我那不同寻常的猫，那是因为它既是其种群的光荣，又是我心中的骄傲。

17　秀发中的半球

让我长久地、长久地饱嗅你秀发的芬芳吧，让我把整个脸埋进你的秀发，像一个干渴的人把头扎进泉水，并用我的手摩挲你的秀发，让它像芳香的罗帕般翻飞，让回忆在空中飘荡。

但愿你能知晓我在你秀发中目睹到的一切！感受到的一切！聆听到的一切！我的灵魂神游于你秀发的香气之中，如他人的灵魂在音乐中远足。

你的秀发布满了帆樯，承载着一整个梦想；你的秀发托举起巨大的海洋，季风会把我送往那些迷人的地方，在那儿，天更蓝，更高远，在那儿，空气中弥漫着果实、枝叶和人的肌肤的芳香。

在你秀发的大洋中，我依稀见到一座海港，在那片广阔的、炎热永远闲适盘踞的蓝天上，伤感的歌声荡漾，云集着各国的精壮汉子，停泊着各式各样、构造复杂精巧的船只。

摩挲着你的秀发，我又再次感受到了那长时间的惆怅——那是在一艘漂亮的海船上，岸边，海浪轻轻摇荡着船身，舱内，我坐在几只花瓶和凉水瓦壶之间的长沙发上……

在你火炉般炽热的秀发中，我闻到了搀有鸦片和糖味的烟草气息；在你黑夜般的秀发中，我看到了热带的蓝天在青空闪耀；在你毛茸茸的发绺岸旁，我陶醉于混有柏油、麝香还有椰子油的那种味道当中。

让我久久地衔住你乌黑粗大的发辫吧。当我轻轻地咬着你那富有弹性而难以理顺的秀发时，我觉得就像是在一口口地咀嚼回忆。

[**题解与注释**]

一、《秀发中的半球》(*Un hémisphère dans une chevelure*) 首次发表于 1857 年 8 月 24 日《现时》，再发表于 1861 年 11 月 1 日《幻想家评论》，又发表于 1862 年 9 月 24 日《新闻报》。在《现时》和《幻想家评论》发表时的题目为《秀发》，在《新闻报》发表时增加了副标题《秀发——异域诗钞》(*La Chevelure: Poème exotique*)。

二、《恶之花》中有两首诗——《异域之香》和《秀发》——与本篇散文诗类似。这三首诗构成了一个整体，但那两首韵文诗可能创作在前。波德莱尔创作本篇散文诗时，十分注重与那两首韵文诗之间的区别。

18 邀　游

闻说有一处极美之所，人称安乐之乡，我憧憬和一位多年的女友同去游历。那地方很奇特，它隐没于北国的雾霭之中，堪称西方中的东方，欧洲里的中国，在那儿，激情的想象早已恣肆驰骋，耐心而执著地为其靓扮着奇花异草。

那是一方真正的乐土，在那儿，一切都如此美丽、富庶、宁静、真诚；在那儿，有序彰显尽奢华；在那儿，生活富足甜美，令人释然；在那儿，井然有序，全无喧哗和乱象；在那儿，幸福与宁静厮守；在那儿，连美馔都禀赋诗意，既丰盛又刺激食欲；在那儿，我亲爱的天使，一切都像极了你。

你了解这种在凄冷苦难中让我们染上的狂热之症么？了解这种对未知之地的向往、这种由好奇心引发的焦虑么？有那样一处像极了你的地方，在那儿，一切那么美丽、富庶、宁静、真诚；在那儿，梦想已营造和妆点出一个西方中的中国；在那儿，生活甜美，令人释然；在那儿，幸福与宁静厮守。应当生活在那儿，死也要死在那儿！

是的，应当去那儿呼吸和梦想，并以感受到的无限去延续时光。有位音乐家写出了《邀舞》；又有谁会谱写出《邀游》，以此献给那心爱的女人、献给那心仪的小妹妹呢？

是的，如此氛围中才能生活得更好——那边，在那儿，更舒缓的时光可以承载起更多的思绪；在那儿，时钟以更深沉、更蕴涵意义的庄严鸣响，宣告着幸福的时刻。

闪亮的壁板或层次丰富的涂金皮革上，栖息着若干幅恬静、安宁和深奥的绘画，它们不太显眼，有如创作这些画作的艺术家的灵魂。夕阳西斜，阳光透过精美的窗帷，透过精工细作、由铅条隔成无数小格的高大窗棂，为餐室和客厅敷上丰富的色调而显得格外柔和。宽大的家具奇特而古怪，装有暗锁和秘密机关，犹如雅士的灵魂。镜子、金属制品、织物、金银器和彩釉陶器为人们的双眼演奏着一阕无声而神秘的交响曲；从所有的物品和每个角落、从抽屉的缝隙和织物的褶皱中，逸出一丝独特的芳香，那是苏门答腊岛勿忘草的香气，似乎是这间屋子的灵魂。

我要对你说，那是一方真正的乐土，在那儿，一切都奢华、整洁、富有光泽，像一颗美丽无比的心，像一套精美绝伦的餐具，像一件光彩夺目的金器，像一款色彩丰富的首饰！举世的珍宝荟萃于此，就像在一个勤劳的人家中，而他无愧于拥有整个世界。这个奇异的国度，如同艺术升华于自然而胜过其他一切地方，在那儿，梦想重塑自然；在那儿，自然得以修正、美化、重构。

让园艺的炼丹师们探索吧，不停地探索吧，让他们不断向外开拓，拓宽幸福的疆界吧！让他们拿出六万或十万弗罗林①的奖金，去奖励那些志在解决问题的人吧！而我，我已经觅得我的黑郁金香和我的蓝色大丽花！

无俦之花呵，久违的郁金香，玄奥的大丽花，不就是应当去那儿，去那个如此宁静、如此梦幻的美丽国度，在那儿生活和开花结果么？难道你不会像神秘主义者们所言，要融入自己的同类，在自身的交感中自我观照么？

梦！永远是梦！灵魂越是雄心勃勃，越是敏感，梦越是使其远离可能。我们每个人身上都自有与生俱来的一剂鸦片，它在不停地分泌和代谢；且从生到

————————

① 弗罗林（florin），货币名，即荷兰盾。

死，我们数得清有多少时间是在切实享受，又有多少时间能成功而有所作为？我们不是要在我心灵所绘的那幅画图中，在那幅像极了你的画图中生活和度过一生么？

那正是你，那些珍玩、家具，那种奢华、有序，那些芬芳、奇花。那正是你，那些大河奔流、运河轻淌。那些顺流而下、满载财富、传来水手单调的号子声的庞大船队，正是酣睡或翻滚于你酥胸之上的我的思绪。你轻轻将我的思绪引向身为无限之大海的同时，又以你美好灵魂的澄澈映现出天空的高远——尔后，当它们倦于惊涛骇浪，又满载着东方的物产返回故乡的海港时，我之思绪依旧，那是我更形丰富、从无限返归你身旁的思绪。

[**题解与注释**]

一、《邀游》（*L'Invitation au voyage*）首次发表于 1857 年 8 月 24 日《现时》，再发表于 1861 年 11 月 1 日《幻想家评论》，又发表于 1862 年 9 月 24 日《新闻报》。波德莱尔在每次发表前都曾有较大修改。

二、本篇散文诗与波德莱尔那首著名的《邀游》一诗同名，但创作于后。《邀游》一诗描写的是波德莱尔心中的理想景色，而这篇散文诗则是在借鉴一些专栏作家游记的基础上重新创作的一幅图景，其中在一些具体细节方面突出了讥讽的意味。

以"邀游"为主题的历史十分悠久，但成为流行题材则始于歌德 1795—1796 年创作的小说《威廉·迈斯特的学习年代》（*Wilhelm Meister*）出版之后。这部小说中的《迷娘之歌》（*Chanson de Mignon*）曾多次被译为法文，戈蒂耶曾据此改写过《迷娘之歌》，波德莱尔肯定十分熟悉：

你要去哪儿？哦，我的主人，你知道
歌德在《威廉》里吟唱的那首《迷娘之歌》么？

"你不知道那片诗人的土地么？

那片阳光下的大地上，柠檬成熟了，

微笑的叶子里，是柑橘金色的声音。

就是那儿，主人，该在那儿生与死，

就是那儿，你该随我前往。"

但本篇中波德莱尔吟咏的并非意大利，而是戈蒂耶诗集《阿贝都斯》（*Albertus*）中改写的那个位于法国北方的国度：

忘掉吧，画家和诗人，该让您忘掉

谨慎的歌德在《迷娘之歌》中

告诉威廉的那个迷人的国度；

另一个阳光下的国度，柠檬成熟了，

总有新生的茉莉花迎风怒放：

请把那不勒斯改为阿姆斯特丹，把洛林换成贝赫姆。①

此外，波德莱尔 1857 年、1861 年在《现时》和《幻想家评论》上发表这篇散文诗时，在"你了解这

---

① 阿姆斯特丹（Amsterdam）和贝赫姆（Berghem）均为荷兰城市名。

种在凄冷苦难中让我们染上的狂热之症么？了解这种
对未知之地的向往、这种由好奇心引发的焦虑么？"
一句前还有一句：

《现时》文本：

> 啊！假如我是你的迷娘①，是你挚爱和守护
> 着的迷娘，永远温柔，永远听话，但又永远充满
> 幻想，充满希望，我就要对你说，我的诗人，我
> 的朋友：你了解这种在最沉重的苦难中征服了我
> 们的心灵的病症么？了解这种对未知之地的爱，
> 这种由好奇心引发的向往么？

《幻想家评论》文本：

> 啊！假如你是诗人，而我是你的迷娘，是你
> 挚爱和守护着的迷娘，永远温柔，永远听话，但
> 又永远充满幻想，充满希望，我就要对你说，我
> 的诗人，我的朋友：你了解这种在最沉重的苦难
> 中征服了我们心灵的病症么？了解这种对未知之
> 地的爱，这种由好奇心引发的向往么？

---

① 迷娘（Mignon），歌德小说《威廉·迈斯特学习年代》中的人物。

三、"西方中的东方":从 18 世纪开始,西欧各国时常把荷兰视为全世界货物贸易的枢纽。

四、"《邀舞》":指韦伯 ① 的那首著名的钢琴曲,作于 1819 年。1841 年由柏辽兹 ② 改编为管弦乐曲。

五、"黑郁金香,蓝色大丽花":从 17 世纪开始,郁金香即成为荷兰的象征;梅纳日 ③、富里绨尔 ④ 和拉布吕耶尔都引用过这种说法,大仲马还在 1850 年创作过一部长篇小说《黑郁金香》(*La Tulipe noire*)。蓝色大丽花是荷兰的另一象征,如今这种说法已然消失,但在法兰西第二帝国时期曾十分流行,代表着对一种乌托邦理想的追寻。后来,这一说法由于皮埃尔·杜邦 ⑤ 的一首广为传唱的歌曲而为大众熟知(波德莱尔 1851 年曾为其《歌与歌谣》撰写过序言):

---

① 韦伯(Carl Maria von Weber,1786—1826),德国作曲家。
② 柏辽兹(Hector Louis Berlioz,1803—1869),法国作曲家。
③ 梅纳日(Gilles Ménage,1613—1692),法国语法学家、历史学家和作家。
④ 富里绨尔(Antoine Furetière,1619—1688),法国诗人、小说家和词典学家。
⑤ 皮埃尔·杜邦(Pierre Dupont,1821—1870),法国词曲作者、诗人。

蓝色大丽花

那你们的每一周都飞到哪儿去了？

忧愁的园丁们，为什么

操心事和辛苦与日俱增？

你们的花园像座座工场，

你们在那儿栽种着人间的花朵；

哦，那些往昔神圣的花呦！

百合和玫瑰，逃进了树林；

矢车菊、长春花、紫罗兰，

勿忘草，你们孤独地生长吧。

[副歌]

在上帝的注视下，

它们梦想着蓝色的大丽花。

六、"神秘主义者"：指斯威登堡①。他在其著作
《论天国、地狱及其奇迹》(*Du Ciel et des ses merveilles*

---

① 斯威登堡（Emanuel Swedenborg，1688—1772），瑞典科学家、神秘主
　义者、哲学家和神学家。

et de l'Enfer）和《真正的基督教信仰》(*La Vraie Religion chrétienne*）中阐述了关于"交感"的理论，对波德莱尔影响很大。

19　穷人家的玩具

我想就质朴的消遣谈谈我的看法。无咎的娱乐确乎稀缺。

当您清早出门，打算沿着大街走走时，请在口袋里装上一些便宜的小玩意儿——比如说提线小丑木偶、轮番打铁的铁匠、骑兵和尾巴上装了哨子的战马——把它们送给在小酒馆旁或在树下遇到的不认识的穷人家的孩子。您会看到他们的眼睛睁得老大老大。起先，他们还不敢接，不相信幸福骤至；继而一把抓过礼物，转身就跑，就像猫一样把您喂给它的食物叼得远远地去吃，因为猫已经学会了提防人。

大路旁有个大花园，花园尽头，一座漂亮的白色府邸在阳光下耀眼夺目。花园的栅栏后面，站着一个俊美、清秀的孩子，穿着一身很考究的乡间服装。

生活奢华，无忧无虑，见惯了富贵场面，这种人家的孩子个个都那么漂亮，让人以为他们和那些普通人家或穷人家的孩子不是用同一种材料做出来的。

他身旁的草地上躺着一个华丽的玩偶，和它的主人一样清秀，上了漆，涂了金，穿着紫红色衣裙，缀满了羽饰和玻璃珠儿。然而，那孩子并不关注他心爱的玩具，而是盯着另外什么东西：

栅栏的另一侧，在路旁的蓟草和荨麻蔓中间，也有一个孩子，脏兮兮，瘦巴巴，黑黢黢，是个贫家子弟，但如果揩去他身上那种贫贱的、令人厌恶的污垢，不带偏见的目光就会发现那孩子身上的美，有如行家的目光透过马车的漆饰依旧能想象出理想的彩绘一样。

在那道把大路和府邸隔成两个世界的具有象征意义的栅栏旁，那穷孩子正隔着栅栏向阔孩子显摆自己的玩具，那阔孩子贪婪地看着，仿佛见到了一个从未见过的稀罕物件。而那个小邋遢鬼在铅丝笼子里逗弄、摇晃、摆动的玩具，原来竟是一只活老鼠！他的父母一定是为了省钱，竟能从生活本身给他捣鼓来这么一件玩艺儿。

而那两个孩子像兄弟一样相互嬉笑着，露出了同样雪白的牙齿。

[题解与注释]

一、《穷人家的玩具》(*Le Joujou du pauvre*) 首次发表于 1862 年 9 月 24 日《新闻报》。

二、波德莱尔创作本篇散文诗的灵感来自他自己的一篇艺术评论《玩具的伦理》(*Morale du Joujou*)。这篇评论 1853 年首次发表于《文学界》(*Le Monde littéraire*)，再发表于 1855 年《活页》(*Le Portefeuille*)，又发表于 1857 年《拉伯雷》(*Le Rabelais*)，最终收入其论文集《浪漫派的艺术》(*L'Art romantique*)。波德莱尔在其中写道：

> 再进一步，分析一下这个广阔的儿童世界，看一下这个粗俗的玩具，原始的玩具，制造它就是利用如此简单的、尽可能便宜的材料构筑一个尽可能近似的形象：例如只用一根线的平面的小丑；打铁的铁匠；三块东西组成马和骑士，腿是四颗钉子，马尾巴形成一个哨子，有时候，骑士还戴着一片羽毛，这可是一大奢侈；——这是五个苏、两个苏、甚至一个苏的玩具。——您相信这些简单的形象在儿童的精神上创造了一个略逊

于新年的奇迹的现实吗？与其说这些奇迹是对父母的财产的奴颜婢膝的敬意，不如说是给童年诗意的一件礼物。

这是穷人的玩具。当您早晨出门，决心在大路上孤独地散步时，请您在口袋里装上这些小小的发明，沿着小酒馆，在树下，请向您遇见的不认识的、穷人的孩子打个招呼吧。您会看见他们的眼睛睁得大大的。首先，他们不敢拿，他们不相信自己的幸福；然后，他们的手贪婪地抓住了礼物，赶紧跑了，就像那些猫远远地离开您，吃您给它们的东西，它们已经学会了不相信人。这肯定是一大开心事。

关于穷人的玩具，我还看见某种更为简单的事情，比一个苏的玩具更悲惨的事情——那就是活的玩具。在路上，在一座花园的栅栏后面，花园尽头是一座漂亮的古堡，一个美丽的、精神饱满的孩子站在那儿，穿着花里胡哨的乡间的衣服。奢侈、无忧无虑和财富的通常的景象使这些孩子如此漂亮，人们竟认为他们和那些家境不好或贫穷的孩子不是一种材料做出来的。他身旁的草地上躺着一个玩具，和它的主人一样光彩照人，上了漆，涂了金，穿着美丽的裙子，浑身上下是羽毛和玻璃珠子。然而，孩子并不关心他的玩具，看他在望着什么吧：在栅栏的另一侧，在路上，在矢车菊和荨麻中间，有一个孩子，肮脏，羸弱，鼻涕在污垢和灰尘中间慢慢地冲出一条道儿。通过这些具有象征意义的铁栏杆，穷孩子向富孩子展示出他的玩具，富孩子贪婪地看着，仿佛一件罕见的、不认识的东西。而这个小邋遢鬼在笼子里逗弄、摇晃、抖动的玩具原来是一只活老鼠！他的父母由于节俭竟从生活本身中找了个玩具。①

对比这些文本，有助于我们研究波德莱尔的散文诗创作技巧：正是通过呈现两个小小的场景，作者阐述了他对儿童世界及其自我行为的分析，从而将这篇艺术评论转化成了一首诗。

————————

① 本段译文引自郭宏安译《浪漫派的艺术》，上海译文出版社 2009 年版，第 321—322 页。

20　仙女们的礼物

　　仙女们齐聚一堂，准备为二十四小时以内降生的所有新生儿分发礼物。

　　命运之神的所有这些古老而任性的姊妹，这些怪异的、创生出欢乐和痛苦的母亲，她们形形色色，千差万别：有的面色阴沉，怏怏不乐；有的神情欢快，顽皮狡黠；有的年轻从不老；有的苍老自来衰。

　　信奉仙女的父亲们都到了，各自抱着自己的新生儿。

　　天赋、才能、好运、殊遇，所有礼物都放在评审台旁，有如颁奖典礼时摆在台前的奖品。不过，此时的殊别在于，这些礼物并非是回报某种努力，恰好相反，是要赐予未涉世者的一种恩典，这种恩典能决定新生儿们未来的命运，成为其未来的不幸或幸福之源。

　　可怜的仙女们忙得不亦乐乎；因为请求恩典的人太多，而介乎于人与上帝之间的仙界也犹如我们，一般要受制于时间及其无穷的后代即日、时、分、秒的无情法则。

　　说实话，仙女们诚惶诚恐的样子，就像那些受到宣召的臣子，或像国家盛典期间允许免费赎回典当物时的那些当铺伙计。我甚至觉得她们不时地瞄上一眼时钟上的指针，就和人间的法官一样有些不耐其烦：他们一大早就出庭了，此时难免会想想晚上吃什么，想想家人，还有自己那双心爱的拖鞋。既然仙界法庭也难免出现有仓促审理和随机审理的情况，人间法庭有时出现同样的情形也就不足为奇了。在那种情况下，我们自己也可能会成为不公正的法官。

　　那天当真就出了差错，如果说谨慎小心而非任性妄为是仙女们永恒而突出的性格，那么我们可能就会认为事出蹊跷了。

　　不出所料，她们把吸金聚富的能力赋予了一个大富之家的唯一继承人，而那个孩子天生没有一丝慈悲心，哪怕人生中最轻而易举的善行也不想做，看来他今后注定要被这万贯家财所累。

　　不出所料，她们把对美的爱和写诗的才赋予了一个无赖的儿子，那无赖面色阴沉，是个石匠，他根本不可能培养出儿子的才能，也不可能对他那不幸的后代有任何帮助。

我还忘了告诉你们，在这个庄重的场合，对礼物的分发不得提出异议，礼物一经分发，就不得拒绝。

所有仙女都站起身来，以为她们的苦差事办完了；因为礼物已一件不剩，再没有什么物件要恩赐给尘世中人了；这时，却有一个老实人——我觉得是个可怜的小商贩——站了起来，揪住离他最近的一位仙女的五彩霓裳裙，大声叫道：

"嘿！夫人！您把我们忘了！这儿还有一个小孩呐！我可不能白来一趟呀！"

这下子可愁坏了那位仙女；因为一无所剩。幸好她及时想起了一条公认的法则，尽管这条法则在神灵居住的仙界也很少施行，但这些无形的神灵（如仙女、地精、蝾螈、男女气精、水神、男女水精）毕竟都是人类的朋友，所以往往不得不迁就一下人类的冲动——我要说的这条法则是，若碰到类似的情况即礼物全部分发完毕时，特许仙女们有一项特殊的本领：再变出一份礼物，只要她有足够的想象力，并能当场兑现。

故而这位仙女以不失其身份的镇定口吻回答道："我赋予你的儿子……我给他……这件礼物：讨人喜欢！"

"可是，怎么讨人喜欢？讨谁的喜欢？为什么要讨人喜欢？"那小商贩固执地追问。很显然，他的推理能力太一般了，无法升华到对荒诞进行逻辑思维的程度。

"因为！没有因为！"仙女火了，回敬了他一句，随即转身而去，追上了女伴们的行列，并对她们说道："你们对那个自负的小个子法国人怎么看？他什么都想弄明白，他本来已经为自己的儿子争得了一份最好的礼物，竟还敢问这问那，讨论根本无从讨论之事！"

[题解与注释]

一、《仙女们的礼物》(*Les Dons des fées*) 首次发表于 1862 年 9 月 24 日《新闻报》。

二、正如波德莱尔自己在《火箭》中写到的,他始终致力于发掘那种 "令人不快的高雅情趣"。他还写道:"我引发普遍厌恶和恐惧之日,便是我战胜孤独之时。" 同样,本篇散文诗很像某种未予明言的欲望在想象中的实现,因为诗人本人就置身于爱伦·坡、奈瓦尔、贝特吕·鲍莱尔[①]等人中间。对于贝特吕·鲍莱尔,波德莱尔曾在《对几位同时代人的思考》(*Réflexions sur quelques-uns de mes contemporains*) 中曾评论道:

变狼妄想患者,这称呼叫得好!人狼或狼人,是哪一位仙女或哪一个魔鬼把它投入忧郁的阴森凄惨的森林之中?是哪一个心怀恶意的精灵俯在他的摇篮边,对他说:"我禁止你取悦于

---

① 贝特吕·鲍莱尔 (Pétrus Borel,1809—1859),法国诗人、翻译家和作家,绰号 "变狼妄想狂"。

人！"？在精神世界中有某种神秘的东西叫恶运，
我们之中谁也没有权利和命运争论。这是一位最
少作解释的女神，她比一切教皇和一切喇嘛都更
拥有万无一失这种特权。①

这种论及命运不可思议之荒诞的主题，同样在
《志向》和《月亮的恩惠》那两篇散文诗中有所体现。

_____

① 本段译文引自郭宏安译《波德莱尔美学论文选》，人民文学出版社 1987
年版，第 119 页。

21　诱惑，或情爱、财神与荣耀

　　昨天夜里，两个傲慢的魔鬼和一个神奇魔女一起爬上了那道神秘的阶梯，那阶梯正是地狱向有弱点的梦中人发起攻击并与之秘密沟通的所在。他们仨就这般得意扬扬地来到我面前，像在讲台上一样站得笔直。三个人身上都放射出硫磺般的光芒，在朦胧的夜色中格外扎眼。三个人的神态都那么高傲，那么不可一世，一开始我还真把他们当成了真神。

　　头一个魔鬼，从外形看男女莫辨，但身体的曲线有若那古老的酒神——纵情美酒的巴库斯。他那双美丽而慵懒的眸子闪烁着阴郁而茫然的光，很像吸满了暴风雨沉甸甸泪珠儿的紫罗兰，他那微启的双唇犹如温热的香炉，散发出某种香料好闻的香气；每当他呼出一口气，就有麝香味的飞虫发出光亮，迎着他呼出的热气飞舞。

　　他身穿紫红色长袍，腰际四周像腰带一样缠绕着一条闪闪发光的蛇，那条蛇扬起头，火炭般的眼珠儿懒洋洋地转向他。在这条活腰带上，交替挂着一些盛满祸水的小瓶子，还有亮晶晶的手术刀和外科手术器械。他右手举着一个瓶子，里面装有发光的红色液体，标签上写着一行古怪的字："畅饮吧，这是我的血，是上等滋补剂"；左手握着一把小提琴，无疑是用来吟唱自己的悲欢，并用来在巫魔夜宴①上把自己的疯狂传染给他人。

他纤细的脚踝上拖着几串打碎的金链子，当金链子妨碍他行走而不得不低头看时，他反倒会自鸣得意地端详自己的脚趾甲，那脚趾甲光滑鲜亮，像打磨过的宝石。

他那双再伤心不过的眼睛望着我，眼神中流露出某种勾引人的醉意，用悦耳的嗓音对我说道："你若是乐意，你若是喜欢，我就让你做众魂之王，主宰一众生灵，比雕塑家摆弄手中的黏土还手到擒来；你将体验到不断重生之乐，体验到超脱自我、于他人之身忘怀自我之乐，你还能吸引他人的灵魂，直至使其与你自己的灵魂同一。"

我回答说："感激之至！我可不要这等劣货，他

---

① 巫魔夜宴（nuits de sabbat），欧洲中世纪传说中巫师和女巫在星期六午夜参加的由魔王主持的盛大宴会。

们不见得比可怜的我更有价值。尽管我回首往事不免羞惭，但却什么都不想忘掉；而且，你这老妖，即便我不认识你，可你那神秘的刀剪、可疑的小瓶子，还有你那绊脚的链子，这些象征性的物件早已相当清楚地向我表明，和你交朋友会麻烦不断。你的礼物，你还是自己留着吧。"

第二个魔鬼既没有那种悲喜交集的神情，也没有示好的文雅举止，更没有精致和馥郁的美感。他身形肥硕，长着一张看不见眼睛的胖脸，大腹便便，耷拉到了大腿上；他全身的皮肤涂成了金色，文身般地画着一群活动的小人儿，代表着世间形形色色的苦难：有瘦得皮包骨、甘愿吊在钉子上的小人儿；有瘦小的畸形侏儒，那眼巴巴乞求施舍的眼神比他们颤抖的双手还要可怜；还有一些老母亲，怀里的早产儿噙住她们干瘪的乳头不松口。还有各色人等，都画在上面。

那胖魔鬼用拳头敲打自己肥硕的肚皮，肚子里随即发出悠长而响亮的金属撞击声，最后化为由无数人声汇成的隐隐约约的呻吟。于是他大笑起来，恬不知耻地露出了满嘴蛀牙，那巨大的傻笑声与所有国家那些饱食终日者发出的傻笑声一模一样。

这家伙对我说："我能送你一样可以获取一切、顶得上一切、代替一切的东西！"说着话，他又敲了一下自己硕大的肚皮，响亮的回声为他粗俗的话语做了注脚。

我厌恶地扭过头去，回答他说："我用不着拿别人的苦难取乐；也不要像墙纸一样画在你身上的万般苦难带来的那种令人可悲的财富。"

至于那个魔女，我得说，我若不承认第一眼就觉得她有一种古怪的魅力，那我就是撒谎。要定义这种魅力，上策莫过于与那些青春已逝、风韵犹存的美妇人进行比较，她们永不显老，且始终保持着废墟般刺人心弦的魔力。她的神态既蛮横又笨手笨脚，目光虽然冷淡，却有一种动人心魄的力量。最让我印象深刻的莫过于她神秘的嗓音，它让我想起了女低音那种最为甜美的歌声，还带着点儿沙哑的酒嗓。

"你想了解我的威力么？"那假女神以她迷人而反常的声音说道，"你听好了！"

于是，她举起一支巨型喇叭吹了起来，那喇叭像一只芦笛，周身挂满了写有世上各种报纸名称的丝带，她通过这支喇叭高喊我的名字，那喊声似万钧雷霆，响彻霄汉，又从最遥远的星球上传来回声。

"见鬼！"我有些着迷了，"还真不错！"但定睛细瞅这迷人的女汉子时，我依稀觉得她面熟，想起她曾和几个我认识的坏小子换盏交杯；而且，那铜喇叭传进我耳鼓的粗哑声，也唤起了我对不知哪支被作践的喇叭的回忆。

于是我万分轻蔑地答道："滚开！我到这世上来，可不是为了娶我懒得说出名字的某些人的情妇的。"

的确，克己如斯，英勇如斯，我着实该为自己骄傲。只可惜我突然醒了，所有的力量随即弃我而去。"说老实话，"我心中暗道，"要不是我睡得太沉，我肯定不会如此谨小慎微。唉！如果他们在我醒着的时候回来找我，我可能就不会那么敏感了！"

于是我大声祈求他们，求他们宽恕，还向他们保证，为了配得上他们的恩典，让我怎么丢人我都在所不惜；可我知道，我一定是把他们得罪惨了，因为他们从此再没露过面。

[题解与注释]

一、《诱惑，或情爱、财神与荣耀》(*Les Tentations ou Éros, Plutus et la gloire*) 首次发表于 1863 年 6 月 10 日《国内外评论》(*Revue nationale et étrangère*)。

现存《新闻报》校样（始自 1862 年 10 月 ），上面有波德莱尔的修改。

二、本篇散文诗，波德莱尔原本打算与《野女人和小情妇》《美丽的多罗泰》或许还有《慷慨的赌徒》一起写成韵文诗收入第二版《恶之花》。1859 年 12 月 15 日，波德莱尔在与友人的通信中写道：

> 我手头还有三首诗要写：首先是《多罗泰》，描写热带的自然之美，吟咏理想的黑色肌肤之美；其次是《市集上的野女人》，写的是对一位小情妇的说教，因为她总臆想着自己有多么痛苦；最后是《梦》，写财神、爱神与荣耀之神在一个人的梦里诱惑他，却被他拒绝了，这个人后来说：如果我醒着的时候他们来诱惑我，我可没有那么理智！

　　这篇散文诗也可能取材于保罗·德·科克[①]于
1854年创作的一首广为流传的歌谣:

　　　　荣耀与财富,或一个可怜鬼的梦

　　　一天夜里,有个魔鬼向我兜售
　　　　　荣耀和财富,
　　　对我说:"命运向你微笑,
　　　　　挑吧,但只能选一样。"
　　　荣耀虽是我的向往,
　　　　　可我更爱
　　　财富,
　　　　　没错,我更爱财富。
　　　……
　　　我大声说:"我选你,
　　　　　诱惑人的财富,"
　　　可一醒来,却只看到
　　　　　一轮极美的月光;
　　　而我想,我将久久地期待

[①] 保罗·德·科克(Paul de Kock,1793—1871),法国小说家、剧作家。

> 荣耀和财富
> 让那荣耀和财富
> 来到我家。

此外，本篇的笔法类似于 1866 年《吟余集》(*Les Épaves*) 中的《声音》一诗。

三、"你将体验到不断重生之乐，体验到超脱自我、于他人之身忘怀自我之乐"：这又是关于"献身"的主题，该主题多次出现在波德莱尔的《私密日记》中："爱情是什么？是超脱自我的需求。……所以一切爱情均系献身。"阅读本篇时，也可以参阅《人群》。

四、"我依稀觉得她面熟，想起她曾和几个我认识的坏小子换盏交杯"：这段话与《我心赤裸》中的一段话很相近：

> 有些女人很像荣誉军团勋章上的丝带。人们之所以不再想要它们，是因为她们早已由于某些男人而坏了自己的名声。
> 出于同样的原因，我不会为长满疥疮的人穿裤子。

22　暮　色

　　天黑了。劳累了一天的人们那可怜的心终于平静下来；他们的心绪也点染上黄昏柔和而朦胧的色彩。

　　可这时，从山顶那边，一声长长的呼号刺破傍晚透明的云雾，传到了我的阳台；那呼号中裹胁着无数不协调的哭喊，却被长空化作凄凉的和谐，一如涨潮的大海或将至的风暴。

　　这都是些什么不幸的人，难道连黄昏也不能让他们平静，竟像猫头鹰一样，将黑夜的降临视为巫魔夜宴的信号？这不祥的叫声是从坐落山中的收容所里传来的；而那天晚上，我一边吸着烟，一边眺望着那空阔的山谷中的宁静，山谷中有许多房子，每扇窗子似乎都在言说："此地一片安宁；此地洋溢着家的欢乐！"每当风从山顶上刮来，我就能让自己惊异的思绪摇曳于这种效仿地狱之和谐的呼号当中。

　　暮色令狂人兴奋——我想起两个朋友，一到黄昏，他们便病情加剧。其中一位会全然无视友情和礼节，粗暴地对待头一个遇到的人。我曾看到他把一盘精美的鸡肉菜肴朝餐厅大厨的头上扔去，就因为他觉得鸡身上写了什么我不知道的侮辱性文字。本是狂欢前奏的傍晚，却因为一盘上等佳肴而意兴全无。

另一位是个雄心勃勃却屡遭挫折的人，随着暮色降临，他会变得极度乖戾、极度阴郁、极度恶作剧。白天很宽容、很善于交际的一个人，一到了晚上就变得冷酷无情；那种黄昏狂躁症一旦发作，他就暴跳如雷，不仅仅针对别人，也针对他自己。

头一位朋友死于疯癫，最后连老婆孩子都不认得了；第二位则因这终生的苦恼而惶恐不安，即便把每个共和国和君主国所能授予的荣誉全都颁赐给他，我相信黄昏依然会点燃他臆想中追求荣誉的炽烈欲望。黑夜在他们的心灵中笼罩黑暗，却给我的心灵送来光明；这种原因同一而后果相异的现象虽并不罕见，我却每每因此而困惑不安。

呵，黑夜！呵，凉爽的黑暗！对我来说，你既是内心欢乐的信号，又是焦虑的解脱！在旷野的孤寂中，在大都市的石头迷宫里，繁星闪烁，灯火通明，你就是自由女神的焰火！

暮色呵，你是多么柔和，多么温馨！天边，一抹玫瑰色的微光绵延，仿佛黑夜乘胜追击之下奄逝的白昼，又仿佛大烛台的烛火为落日的余晖抹上的暗红色斑点，一只无形的手，从东方的深处拉起沉重的帷幔，模拟着在生命的庄严时刻里人们内心中搏斗着的一切复杂的情感。

还可以把它比作舞女们奇异的长裙——一袭似明又暗的薄纱内，隐约可见鲜艳的衬裙那被遮掩的华丽，有如透过黑暗的当下，显露出美妙的往昔；而黑夜播洒下的那些摇曳着金光和银光的星辰，则象征着只有夜色的沉沉悲哀方能点燃的幻想之火。

[题解与注释]

一、《暮色》（*Le Crépuscule du soir*）首次发表于 1855 年 6 月 2 日《枫丹白露》（*Fontainebleau*），再发表于 1857 年 8 月 24 日《现时》，又发表于 1861 年 11 月 1 日《幻想家评论》，最后一次发表在 1864 年 2 月 7 日《费加罗报》（*Le Figaro*）。

现存两份校样，一份是《枫丹白露》1855 年校样，上面有波德莱尔的修改，现藏于雅克·杜塞文学图书馆①；一份是《新闻报》1862 年校样（未发表），校样上没有波德莱尔的修改。

二、波德莱尔最早的两篇散文诗《暮色》和《孤独》都是发表在费尔南·德努瓦耶②主编的诗文集刊《枫丹白露·德纳古纪念专号》（*Fontainebleau, l'Hommage à C. F. Denecourt*）③上的。与这两篇散文诗同时发表的还有两首韵文诗：《薄暮》（*Le Crépuscule*

---

① 雅克·杜塞（Jacques Doucet，1853—1929），法国著名服装设计师，1880—1920 年间曾大量资助文学艺术事业。
② 费尔南·德努瓦耶（Fernand-Félix-Emile-Arthur Desnoyers，1826—1869），法国文学家、批评家。
③ 德纳古（Claude-François Denecourt，1788—1875），拿破仑时代的老兵，一生致力于开发和推介枫丹白露森林。

du Soir）和《晨曦》(*Le Crépuscule du Matin*）。散文诗前是波德莱尔致德努瓦耶的信：

　　亲爱的德努瓦耶，您向我约稿，为您的杂志写几首吟咏自然的诗，是不是？当然是想要我提供几首吟咏森林、高大的橡树、茵绿的草地、昆虫还有阳光的诗，是不是？可您很清楚，我很难为植物而感动，而且我的灵魂也抵触这种古怪的新宗教，因为我觉得它对有灵魂的生命有一种我说不出是什么的冒犯。我永远不会相信众神的灵魂会栖身植物中，而且，即便真栖身在那儿我也不在乎，并认为自己的灵魂远比在圣化的蔬菜中的灵魂更有价值。我甚至觉得，在繁荣兴旺、永远年轻的自然当中，可能会有某种糟糕的、讨厌的和残酷的东西存在——某种我也说不出是什么的近乎厚颜无耻的东西。

　　虽然不能严格地按照您规定的主题完全满足您的要求，我还是给您寄去了两首诗的片段，描写的大概是黄昏时分我所体验到的梦境。在树林深处，置身于仿佛祈祷室和教堂穹顶般的树荫下，我想起了我们那些非凡的城市，而流动在穹顶之巅的奇妙的音乐让我觉得就像是在传递着人类的悲号。

夏·波

　　三、本篇散文诗与《恶之花》中的《薄暮》和
《冥想》(*Recueillement*) 两首诗立意相近，可参考
阅读。

23 孤 独

一位主张博爱的报人告诉我说,孤独对人是有害的;为了证明他的观点,他像所有不信神的人那样,向我引述了教父们 ① 的言论。

我知道魔鬼喜欢出没于荒凉之地,也知道孤独之时害人和淫秽的精灵格外活跃。不过,这种孤独只有对那些无所事事、胡思乱想的灵魂才可能有危险,因为这种灵魂在孤独中充斥着自己的情欲和幻想。

的确,若是一位以高踞讲坛或演说台高谈阔论为至乐的侃爷落到鲁滨逊的荒岛上,那颇有可能发疯。我并不强求这位报人应当具有鲁滨逊那样勇敢的美德,只希望他不要动辄指责那些喜爱孤独和神秘的人。

我们当中那类喜欢夸夸其谈的人,有的人的确可

---

① 教父们（Pères de l'Église）,传统上指在《圣经》正典形成后的一段时期内（公元 1—6 世纪）赋予那些在信仰和道德方面被奉为权威人物的基督教教士、作家和神学家的头衔。

能对极刑判决不那么反感,只要能让他们在绞刑架的高台前放言高论一番,哪怕桑泰尔①的鼓声猝然打断他们的演说也在所不惜。

我不同情他们,虽然我想象得出来,这种滔滔不绝带给他们的快感绝不亚于他人从沉默和冥想中获得的快感;但我鄙视他们。

我尤其盼着这位可恶的报人能让我自得其乐。"您从来就不觉得,"他像说教似地操着浓重的鼻音对我说道,"需要与别人分享您的快乐么?"瞧瞧这心怀嫉妒的老滑头!他明知我鄙视他的快乐,还想挤进我的快乐里来,这扫兴的讨厌鬼!

"不甘寂寞,这可是大不幸呵!……"拉布吕耶尔曾在什么地方说过的这句话不啻是对这种人的羞辱,他们之所以混迹人群忘掉自己,肯定是因为他们也无法容忍自己的那份德行。

另外一位智者帕斯卡②也说过:"我发现人的一

---

① 桑泰尔(Antoine-Joseph Santerre,1752—1809),法国大革命时期的将军,曾任巴黎国民军总司令。1793年1月21日,法王路易十六被送上断头台前,要求向巴黎民众讲话,此时桑泰尔下令敲鼓干扰,压住了国王的声音。

② 帕斯卡(Blaise Pascal,1623—1662),法国数学家、物理学家、哲学家和散文家,数学"帕斯卡定理"和物理学"帕斯卡定律"的发明者。后转向神学研究。其随笔集《思想录》(未完成)与《蒙田随笔集》《培根人生论》一起被誉为欧洲近代哲学散文三大经典。

切不幸都来源于唯一的一件事，那就是不懂得屋中取静。"我相信，这是他在呼唤那些胡思乱想者都回到自己冥想的斗室中去，而不要身陷迷乱当中——套用一句本世纪的流行语，不要到那种我姑且称之为博爱的献身中去寻找幸福。

［**题解与注释**］

一、《孤独》（*La Solitude*）首次发表于 1855 年 6 月 2 日《枫丹白露》，再发表于 1857 年 8 月 24 日《现时》，又发表于 1861 年 11 月 1 日《幻想家评论》，最后一次发表在 1864 年 12 月 25 日的《新巴黎评论》（*Nouvelle Revue de Paris*）。

现存三份校样：一份《枫丹白露》1855 年校样，有波德莱尔的修改，藏于雅克·杜塞文学图书馆；一份《新闻报》1862 年校样——为了能在《新闻报》上发表这篇散文诗，波德莱尔曾进行了较大修改，但最终仍未能发表；第三份《新巴黎评论》1864 年校样，有波德莱尔的修改。

二、波德莱尔除了常常咏唱艺术家从接触大众中获得的乐趣，孤独也常常是他吟咏的主题。我们可以看看他在《我心赤裸》中的两段笔记：

> 从童年时代起，我就有了孤独的情感。无论是在家里还是在同伴们当中，我都觉得，永远孤独乃是我的命运。
>
> 不过，我对人生、对快乐依旧抱有强烈的

渴望。

　　我自幼心中就有两种矛盾的情感：对人生的恐惧和对生活的迷醉。
　　这正是一个心灵懒惰者的表现。

　　三、"拉布吕耶尔曾在什么地方说过的这句话……"：此处指拉布吕耶尔在其《品格论》（Caractères）中的那段著名的《论人》（De l'homme）：

　　所有我们的恶行都出于不甘寂寞，因此才有了赌博、奢侈、挥霍、酗酒、妇人、无知、诽谤、嫉妒，而忘了自己和上帝。

　　四、"另外一位智者帕斯卡也说过……"：此处指帕斯卡在其《思想录》（Pensées）中的那段著名的《论消遣》（Divertissement）：

　　有时，当我思考人类各种不同的激动时，以及他们在宫廷中、在战争中所面临的种种危险与痛苦并由此而产生了那么多争执、激情、艰苦而又往往恶劣的冒险时，我就发现人的一切不幸都

来源于唯一的一件事，那就是不懂得安安静静地
呆在家里。一个有足够财富可以过活的人，如果
懂得快快乐乐地呆在家里，他就不会抛家舍业去
远渡重洋或者攻城掠地了。假如不是因为他们觉
得一步也不能出城无法容忍，他们就不会购买一
个天价的军职了；假如不是因为他们不能在自己
安乐窝里自得其乐，他们就不会去寻求交际和娱
乐消遣了。

波德莱尔在其《猫头鹰》一诗中也曾对此进行过
阐释：

> 那举止启示贤人，
> 面对着俗世沉沦，
> 当谨怀敬畏之心；
>
> 沉溺于过眼烟云，
> 便难逃惩戒厄运，
> 只因总不守本分。

五、"不要到那种我姑且称之为博爱的献身中去
寻找幸福"：可参看《我心赤裸》中的这段笔记：

男人心中有一种无法遏制的欲望，从中生发出他对孤独的恐惧——他愿意出双入对。而有天赋的人却只想一人独处，此即孤独。

荣耀，意味着一人独处，意味着以一种特别的方式献身。

这种对孤独的恐惧，即对忘却皮囊之我的向往，乃是男人可以堂而皇之称呼的爱之向往。

24 计 划

在一座僻静的大公园里，他边散步边想："良宵美景当中，若是她身着精工细作而华贵的宫廷服装，从一座面对着大草坪和喷水池的宫殿翩翩走下大理石台阶该有多美！她天生就像个公主，仪态万方。"

随后他来到一条街面上，在一家版画店前驻足，看到纸框里夹着一幅热带风光的版画，又想到："不行！我可不想在一座宫殿便拥有了她宝贵的一生。那可不是我们自己的家。再说了，宫殿四壁金碧辉煌，却没有挂她的肖像之处；走廊庄严肃穆，却没有说知心话的一隅。显然，只有住在画上的那个地方，才能耕耘我的人生之梦。"

他一边观赏着版画细部，一边继续想道："在海边，一座美丽的小木屋，木屋四周种满各种各样稀奇古怪、郁郁发光的树，树的名字我已经不记得了……空气中有一种说不清的醉人的气味……木屋里弥漫着玫瑰和兰麝的浓香……稍远处，在我们小小的领地后面，尖尖的桅杆随着波浪摇曳生姿……一缕玫瑰色的柔光透过遮帘，照亮了屋子，另一侧则摆放着凉爽的草席和醉人的鲜花，还有几把葡萄牙产洛可可式深色硬木椅（那儿如此静谧，凉风习习，她可以在此休憩，吸点儿略带鸦片的烟草！）；遮阳游廊外，陶醉于阳光的鸟儿们在鸣唱，还有黑人小女孩唧唧喳喳的絮语……入夜，那音乐之树、那忧伤的木麻黄树的哀吟陪伴着我的梦境！对，说真的，只有那儿才是我应该去寻找的。要宫殿有什么用呢？"

他继续沿着一条林荫大道前行，又看到一家整洁的客栈，从一扇挂有悦目的印花棉布窗帘后面探出了两张堆笑的脸。他立即又想道："我就知道胡思乱想，竟舍近求远。随便一家客栈里，快乐和幸福都无处不在，偶遇的一家客栈里，享乐竟近在咫尺。熊熊燃烧的炉火，鲜艳夺目的瓷器，还算可口的晚餐，略嫌酸涩的红酒，一张大床，床单虽说有些粗糙，却是刚换上的；还有什么能比这更好的呢？"

此时此刻，智慧女神的忠告战胜了外界生活的喧嚣，他一边独行回家，一边思忖道："我今天在梦想中有了三所住处，每处都获得了同样的快乐。既然我的灵魂能如此轻灵远行，又何必强迫自己的肉体换地儿呢？既然筹划本身兴味已足，又何必去实施什么计划呢？"

[题解与注释]

一、《计划》（*Les Projets*）首次发表于 1857 年 8 月 24 日《现时》，再发表于 1861 年 11 月 1 日《幻想家评论》，又发表于 1864 年 8 月 13 日《巴黎生活》（*La Vie parisienne*），最后一次发表在 1864 年 12 月 25 日《新巴黎评论》。前两次发表的文本与后两次的文本有很大不同。本篇散文诗系《波德莱尔遗作》确定的文本。

现存《新闻报》1862 年校样——为了能在《新闻报》上发表这篇散文诗，波德莱尔曾进行过较大修改，但最终仍未能发表。

二、本篇散文诗的主旨与《恶之花》中的《猫头鹰》和《远行》二诗相近，可参考阅读。

25　美丽的多罗泰

　　炽热的阳光直射，让城市酷热难当；沙滩光闪眩目，海面波光粼粼。人们昏昏沉沉，慵懒地倒头午睡——午睡犹如美味的死亡，熟睡者于半梦半醒中品味着毁灭的快感。

　　此时多罗泰却走在空旷无人的街上，有如太阳般强健而高傲；此刻，无垠的蓝天下，她犹如唯一的生灵，就像在阳光上投射出的一个显眼的黑斑。

　　她前行着，从容不迫地扭动着丰腴肥臀上部极为苗条的腰身。鲜亮粉红的紧身绸裙与她深色的肌肤对比强烈，如实地勾勒出她修长的身材、瘦削的脊背和尖挺的乳房。

　　太阳穿透她的红阳伞，将柔和的光洒在她黑黑的脸上，仿佛为她的面孔抹上了血色的胭脂。

　　她那头浓密的秀发近乎发蓝，将她精巧的头部拉向后方，为她的神态平添一抹欢欣和慵懒。沉甸甸的耳坠仿佛在她娇美的耳畔密语。

海风不时掀起她飘动的裙角，露出光滑美丽的小腿；她的双脚在细沙上如实留痕，极像幽闭在欧洲博物馆中大理石女神像的美足。只因多罗泰素喜卖弄风情，在她心里，获得解放的自豪远不抵受人赞美的快乐，所以她尽管获得了自由，却依旧赤脚走路。

她就这样向前走着，步态匀称协调；她活得很幸福，笑容挂在嘴边，露出洁白的牙齿，就好像远方空中有一面镜子正映照着她的步态和美貌似的。

此时烈日炙烤，狗都痛苦得哼哼，有什么要紧事非要慵懒、美丽而又冰冷如青铜雕像的多罗泰如此赶路呢？

为什么她要离开自己布置得无比雅致的小屋呢？那小屋摆满鲜花，铺着草席，少许花费就装点得犹如理想的闺房；在那儿，她怡然地梳妆、吸烟，摇着大羽毛扇纳凉，或对镜自赏；百步之外，海浪拍打着沙滩，以强劲而单调的节奏陪伴着她飘渺的梦幻；而铁锅里正焖着藏红花螃蟹海鲜饭，从庭院深处为她送来诱人的香气。

或许她是去同哪位年轻的军官约会？那军官一定在遥远的海滩听同伴们聊起过大名鼎鼎的多罗泰。这位心地单纯的姑娘，见了面肯定会恳请人家给她讲讲巴黎歌剧院的舞会，会问这种舞会能否赤足参加，就

像那种连卡菲尔 ① 老婆婆都会兴高采烈、如醉如痴参加的本地周末舞会；还会问巴黎的贵妇们是不是个个都比她漂亮。

多罗泰受到了大家的赞美与宠爱，若不是她必须一枚铜板一枚铜板地积攒为其小妹妹赎身的皮阿斯特大洋 ②，她本可以是极为幸福的。那小妹妹十足十一岁了，而且已经成熟，又是那样美丽！善良的多罗泰无疑会成功的，尽管小妹妹的主人是个守财奴，一个不折不扣的悭吝鬼，除了金钱不懂得还有另一种美！

————————

① 卡菲尔（Cafrine），非洲东南沿海一带讲班图语的黑人。
② 皮阿斯特（piastre），货币名。

[题解与注释]

一、《美丽的多罗泰》（*La Belle Dorothée*）首次发表于 1863 年 6 月 10 日《国内外评论》。本篇散文诗的文本系根据《波德莱尔遗作》确定。

现存《新闻报》1862 年校样，上面有波德莱尔的修改。

二、本篇散文诗与波德莱尔 1864 年发表的倒装体十四行诗《遥远的地方》（*Bien loin d'ici*）有一定的渊源。波德莱尔本来是打算将本篇与《野女人和小情妇》《诱惑，或情爱、财神与荣耀》和《慷慨的赌徒》一起写成韵文诗的。1859 年 12 月 15 日，他在写给布莱–玛拉西 ① 的信中说："一旦完成《多罗泰》（关于波旁岛 ② 的回忆）、《野女人》（对一位小情妇的说教）和《梦》的创作，并就序言问题再给沃尤 ③ 写一封信以后，《恶之花》④ 就万事俱备了。"但他提及的这几首诗

---

① 布莱–玛拉西（Auguste Poulet-Malassis，1825—1878），法国出版家，波德莱尔的挚友。
② 波旁岛（l'ie Bourbon），即今留尼汪岛，法属海外领地。1841 年波德莱尔外出游历时曾在留尼汪岛停留。
③ 沃尤（Louis Veuillot，1813—1883），法国记者、作家，以道德说教和尖刻著称。
④ 此处指《恶之花》1861 年第二版。

最终都未能收进第二版《恶之花》中。

　　三、《美丽的多罗泰》在《国内外评论》发表时，该刊社长夏庞蒂埃[①]未征得波德莱尔同意，便将文中"鲜亮粉红的紧身绸裙与她深色的肌肤对比强烈，如实地勾勒出她修长的身材、瘦削的脊背和尖挺的乳房"一句改为"鲜亮粉红的紧身绸裙与她深色的肌肤形成强烈的对比，如实地勾勒出了她的身形"；将"那小妹妹十足十一岁了，而且已经成熟，又是那样美丽"一句改为"已经是那样美丽"，因而招致了波德莱尔的致函抗议（1863 年 6 月 20 日）：

　　　　我曾对您说过，如果一段文字中有哪个逗号让您不高兴，您可以删去整段文字，但不能删除那个逗号。因为它自有其存在的理由。
　　　　我一生都在研习遣词造句，因而可以大言不惭地说，我交给出版社的东西都是无懈可击的终稿。
　　　　您难道不能真正理解"她修长的身材"这

---

① 夏庞蒂埃（Gervais-Hélène Charpentier，1805—1871），法国出版商，1860 年创办《国内外评论》。

种表述正是对应着"瘦削的脊背和尖挺的乳房"么——尤其当这段文字描写的是一个来自东方海岸的黑种人时？

您如果知道阿伊莎（她虽然不是黑人，但出生在热带）嫁给穆罕默德时年龄更小①，还会认为描写一个姑娘"十足十一岁了，而且已经成熟"就那么伤风败俗么？

先生，对您的热情我真的很感激，但是我知道我之所写，而且我只描述我之所见。

---

① 阿伊莎（Aïscha），穆斯林先知穆罕默德的第二位妻子。

26　穷人们的眼睛

啊！您想知道为什么今天我恨您。要让您自己想清楚可能不太容易，还不如我来给您解释解释；因为我认为您是我遇到的女人中最矫情的了。

我们共同度过了漫长的一天，在我看来却很短暂。我们相互承诺永远要向对方敞开心扉，我们的灵魂要融为一体——说来这不算什么新鲜事，所有男人都有过这种梦想，只不过还没有人实现罢了。

晚上，您有点儿乏了，想在一家新开张的咖啡馆前坐坐。那家咖啡馆开在一条新马路的街角，虽然尚未竣工，满是灰渣，但已显现出富丽堂皇的气派。咖啡馆内灯火通明。煤气灯全力张扬着新开张的活力，把雪白的四壁照得让人眼花；一面面眩目的镜子，映出各种饰物和绘画：石膏线和突饰上贴满金箔；年轻的侍从们手牵黄，面颊丰满；贵妇们腕擎苍，满脸堆笑；美女和女神们头顶着水果、糕饼和野味；赫柏与

伽倪墨得斯们 ① 则端着盛满果冻蛋糕的双耳尖底小壶和双色多味尖塔冰淇淋——所有这些故事和神话，都是用来为大快朵颐服务的。

我们所在的马路正对面呆立着一位老实人，他四十来岁，面色疲惫，胡子灰白，一手牵着一个小男孩，另一只手抱着一个还不会走路的小家伙。他正充当保姆的角色，晚上带孩子们出来透透气。三个人都衣衫褴褛。三张脸的表情都异常严峻，六只眼睛死死盯着新开张的咖啡馆，眼神中同是艳羡却因年龄而异。

父亲的眼神似乎在说："真漂亮！太漂亮了！可怜这世上的所有黄金，好像全贴到那墙上去了。"小男孩的眼神仿佛在说："真漂亮！太漂亮了！可只有和我们不一样的人才能进这房子。"至于那个最小的小家伙，他已经入迷了，眼神中只有深深的、傻傻的快乐。

说唱艺人们说，快乐可以使人灵魂向善，柔肠百转。那天晚上对我来说，这歌词说得没错。我不仅为

---

① 赫柏（Hébé），希腊神话中的青春女神，宙斯和赫拉的女儿，同时是奥林匹斯山诸神的斟酒官。伽倪墨得斯（Ganymèdes），希腊神话中的人物，特洛伊王子，赫柏嫁给赫勒克勒斯以后，他被宙斯从人间找来接任斟酒官。

这一家人的眼神所感动，而且对眼前用于解渴来说显得过大的杯子和酒瓶感到难为情。我转头向您望去，亲爱的，想从您的眼神中找到我的想法；我在您那如此美丽、如此含情脉脉的双眸中探寻，在您那由任性寄居、由月神启示的碧眼中探寻，不料却听您说道："那几个人真让人受不了，眼睛睁得比门洞还大！您就不能让咖啡馆老板把他们从这儿撵走么？"

我亲爱的天使，心灵相契可真是难呵，甚至在爱人之间，思想也是极难沟通的！

[题解与注释]

一、《穷人们的眼睛》(*Les Yeux des pauvres*) 首次发表于 1864 年 7 月 2 日《巴黎生活》。1864 年 12 月 25 日再发表于《新巴黎评论》，有修改。

现存《新闻报》1862 年校样。

二、波德莱尔在自己的《计划与方案》(*Plans et projets*) 中曾提到要创作一篇题为《一家新咖啡馆门前的穷人》(*Les pauvres devant un Café neuf*) 的散文诗，应该就是这篇《穷人们的眼睛》。

本篇散文诗的主题与《寡妇们》和《卖艺老人》相近。

三、"至于那个最小的小家伙，他已经入迷了，眼神中只有深深的、傻傻的快乐"：请参看波德莱尔在《现代生活的画家》中的这一段：

> 儿童看什么都是新鲜的，他总是醉醺醺的（译者注：这里可理解为"兴奋"。）……儿童面对新奇之物，不论什么，面孔或风景，光亮，金箔，色彩，闪色的布，衣着之美的魅力，所具有

的那种直勾勾的、野兽般出神的目光应该是出于这种深刻愉快的好奇心。①

四、"心灵相契可真是难呵，甚至在爱人之间，思想也是极难沟通的"：请参看波德莱尔在《我心赤裸》中的这段笔记：

在爱情中，如同在人类的几乎所有活动中一样，情投意合无不是错觉。这错觉即是快乐。男人喊道："哦，我的天使！"女人则咕哝："妈妈！妈妈！"这两个蠢货都以为他们心有灵犀——这不可逾越的深渊导致了沟通的不畅，因而无法克服。

---

① 本段译文引自郭宏安译《波德莱尔美学论文选》，人民文学出版社1987年版，第480页。

27 悲壮的死

　　方希乌勒是一个人人叫绝的小丑，差不多算是亲王朋友圈中的一员吧。不过这些终生以逗哏惹笑为生的人却挡不住严肃事体的诱惑，说来也怪，"祖国"和"自由"这些观念竟然全盘占据了一个小丑的脑海，于是某天，方希乌勒参与了一个由几名心怀不满的贵族策划的阴谋。

　　这些性情乖张的家伙，居然想废黜君主，还想不经磋商就对社会进行变革，自然到处都有正派人向当局告发。结果，那几个贵族遭到逮捕，方希乌勒也不例外，这回是死定了。

　　我当然相信，亲王看到自己宠爱的喜剧演员也当了反贼，肯定相当恼火。比起其他君主，这位亲王说不上多好，也算不上太坏；但他太过敏感，所以在诸多场合都比他的同类更残忍，更暴虐。他酷爱美术，而且是个出色的行家，追求起逸乐来也是从无餍足。作为一个真正的艺术家，他不大在乎待人的礼仪和德行，除却厌倦，他不认为自己还有什么可怕的对手，而他为了逃避或者说为了战胜厌倦这个世上的暴君，却付出了超常的努力，难怪某位严肃的历史学家会称他为"怪物"，如果这位学者能获得恩准，在自己的领域内不仅仅写些作乐或振聋发聩的东西的话——要知道，令人惊奇也是诸多精妙的作乐方式之一种。这位亲王的最大不幸，就在于他始终没有一个足够大的舞台去施展自己的才华。许多年轻的尼禄[①]就是因迫于施展空间太过逼仄而窒息的，致使其英名和善意永远无法名垂后世。上帝没有先见之明，他赋予这位亲王的能力远比他统治的城邦大得多。

可忽然间有消息说，这位统治者打算赦免所有谋反者；传闻缘于一场盛大演出的广告，说是方希乌勒会在那天出演他最重要也最拿手的一个角色，还说连那几个被判极刑的贵族也会出席；有些肤浅的人甚至说，这是被冒犯的亲王宅心仁厚的明证。

对于一个生性古怪且乐于标新立异的人来说，无论行善宽大，一切皆有可能，只要能让他喜出望外就行。然而，对于像我这样能洞察到那颗好奇且病态的

[①] 尼禄（Néron，37—68），古罗马帝国皇帝，公元54—68年在位，以暴虐、放荡和多才多艺著称。

灵魂深处的人看来，更大的可能是这位亲王想判断一下，舞台之上一个待毙之人究竟还能施展多大本事。他是想利用这个机会进行一次意义非凡的生理学实验，看看一位艺术家平日里表现出的才华在极端状态下会发生怎样的扭曲或畸变；再者，他心里是否还或多或少残存着一丝宽恕的想法？这一点就永远不得而知了。

这个重大的日子终于如期而至，这个小朝廷使出了浑身解数，极尽铺排之能事，小邦寡民，资源有限，其特权阶层竟能如此极尽奢华，若非亲眼目睹简直不敢相信。这种真正的奢华具有双重的意义，一是崇尚奢华的魅力，二是由此引发的心理上的隐秘兴趣。

方希乌勒先生尤其擅长扮演哑角或台词很少的角色，这类角色在以象征手法表现人生奥秘的梦幻剧中大多是主角。他出场了，轻松自如得无懈可击，这一切打动了贵族观众们的恻隐之心。

我们说一个喜剧演员"真是个好演员！"时，其中包含有这样一层意思：即透过演员扮演的角色，仍可看出其功力，也就是演员本人的演技、功夫和意志。不过，一名演员要达到与其扮演的角色浑然天成，像古代那些最美的雕像一样，神奇地能走、能看，活力充沛、栩栩如生，基本上就达到了普遍而模糊的关于美的概念的要求。显然，能臻此化境者凤毛麟角，完全无法预测。但那天晚上，方希乌勒就完全达至这种理想的境界，让人不得不相信他扮演的人物是活生生的，是可能存在的，是真实的。这个小丑在舞台上走来走去，他笑着、哭着、抽搐着，头顶四周笼罩着一圈除我以外谁都看不见的不灭的光环，光环中神奇地汇聚起艺术的辉煌与殉道的荣耀。我不知道方希乌勒蒙受了何等恩宠，竟能将超凡入圣的力量引入滑稽表演当中。当我力图向您描述那难以忘怀的一晚时，我的笔在颤抖，激动的泪水夺眶而出。方希乌勒以一种不容置疑、无可辩驳的方式向我证明，对艺术的陶醉更能掩饰对深渊的全部恐惧，天才依然可以如他般在坟墓之侧表演喜剧，以一种无视坟墓的喜悦，摈除一切有关坟墓和毁灭的杂念而沉醉于表演的天堂。

全场观众，无论再怎样麻木和浅薄，也很快感受到了这位艺术家驾驭场面的巨大定力。再也没有人想到死亡、葬礼，也不再去想什么酷刑了。人人都忘掉了忧虑，忘情地沉醉于这部活生生的艺术杰作带来的无穷欢乐当中。欢呼声、赞叹声此起彼伏，势如连绵的惊雷，震撼着剧场的穹顶。亲王本人也看得如痴如醉，与朝臣们一同鼓掌喝彩。

不过，明眼人还是看得出来，他的陶醉并非那么简单。他是觉得自己的专制权威落败了么？是觉得自己恫吓人心、麻痹心灵的权术受挫了么？还是觉得自己的希望落空、预想遭到嘲弄了呢？我凝视着亲王的脸，脑中闪过种种既无从确认、又非绝对无法证实的猜测，这位亲王脸上惯常的苍白之上，又如雪上加霜般不断涌上新的苍白。即便在他毫不掩饰地为他这位老朋友、这位如此精彩地嘲弄死亡的非凡小丑鼓掌的时候，他的嘴唇也越抿越紧，眼中放射出类似嫉妒和仇恨的内心火焰。有那么片刻工夫，我看到这位殿下俯下身去，对身后的一名少年侍从嘀咕了几句。那美少年顿时笑逐颜开，随即匆匆离开亲王的包厢，像是要去办一件紧急的差事。

几分钟后，就在最入戏的当口，剧场大厅里骤然响起的一声尖利、拉长的嘘声，打断了方希乌勒的表演，同时撕裂了观众的耳朵和内心。猛然发出那声喝倒彩的角落里，一个少年强忍嬉笑，窜进了一条走廊。

方希乌勒受此惊吓，如梦方醒，先是闭上眼睛，随即又睁开，睁得极大极大，随后又张开嘴，抽搐着想要透一口气，他向前踉跄了几步，又向后踉跄了几步，随后直挺挺地倒下，死在了舞台上。

那嘘声果真快如利剑，取代了刽子手么？亲王本人能预想到自己的诡计果真能杀人么？不得而知。他会为他亲爱的、无与伦比的方希乌勒惋惜么？这样想倒也是令人愉快和合情合理的。

那几位被判有罪的贵族生前最后一次观赏了喜剧演出，当天夜里，他们的生命就被抹去了。

从那以后，又有好几位在各自城邦颇受好评的哑剧演员来到这个宫廷演过戏，但没有哪个能及得上方希乌勒杰出的才华，更未能获得同样的恩宠。

[题解与注释]

一、《悲壮的死》（*Une mort héroïque*）首次发表于 1863 年 10 月 10 日《国内外评论》。1864 年 11 月 1 日再发表于《艺术家》。

本篇散文诗的文本系根据《波德莱尔遗作》确定。

二、本篇散文诗是《巴黎的忧郁》中最长的一篇，并因其标志着散文诗向短篇小说的过渡而倍受瞩目。

本篇中，波德莱尔集亲王、小丑和叙述者的角色于一身。后来有人评论说，小丑一旦想表现其艺术上的全能时就死去了（那一声喝倒彩即揭示出了波德莱尔爱幻想的性格）。

三、"除却厌倦，他不认为自己还有什么可怕的对手"：可以参看《恶之花》中的《忧郁之三》一诗，那首诗中描写的国王与本篇中的亲王类似。

四、"令人惊奇也是诸多精妙的作乐方式之一种"：在《1859 年的沙龙》中，波德莱尔将"令人惊奇"定义为美学的一个范畴：

希望使别人惊奇和自己感到惊奇，这是很正当的。It is a happiness to wonder，"感到惊奇，这是一种幸福"；同样，it is a happiness to dream，"梦幻，这也是一种幸福"。如果您一定要我给予您艺术家或美术爱好者的称号，那末，全部问题就在于您是通过什么方法来创造或感觉惊奇的。美总是令人惊奇的，然而，设想令人惊奇者总是美的，这却是荒谬的。而我们的公众在感到梦幻的幸福或惊奇的幸福方面是出奇地无能（这是渺小的灵魂的标记），他们希望通过与艺术无涉的手段来感到惊奇，驯顺的艺术家们则适应他们的这种趣味。艺术家用可耻的计谋打动他们，愚弄他们，使他们惊愕，因为艺术家们知道公众不能在真正艺术的自然的手法面前心醉神迷。①

五、"哑角"：波德莱尔从小就对哑剧深感兴趣（可参看《论笑的本质》），曾与自己的朋友们（如尚弗勒里②和戈蒂耶）分享他的这种好奇心。

———————

① 本段译文引自郭宏安译《波德莱尔美学论文选》，人民文学出版社 1987年版，第 400 页。
② 尚弗勒里（Champfleury，1820—1889），法国艺术评论家、作家，波德莱尔的好友。

28　假　币

离开烟草店后，我的朋友把手头的硬币仔细地做了一次分拣：他把小金币放进背心的左兜；把小银币放进右兜；把一大把铜币放进左裤兜；最后，他把一枚两法郎的银币仔细检查了一番，然后放进了右裤兜。

"真怪，分得这么细!"我心想。

我们遇到了一个穷人，他颤抖着把鸭舌帽伸向我们——那双眼睛充满乞求，流露出无声的震慑力，比我见过的任何眼神都更令人不安；在一个敏感的、能读懂其中含义的人看来，那眼神中同时包含了几多谦卑、几多怨艾呵；从中还可以发现类似于狗挨打后泪汪汪的眼神中那种深藏的、复杂的情感。

我朋友的施舍远比我慷慨，我对他说："您做得对；除却惊喜，更大的快乐莫过于始料未及。"——"那是一枚假币"，朋友平静地回答，像在为自己的出手阔绰申辩。

我那可怜的、总爱自寻烦恼的大脑（老天赋予我这个本事多累人呵！）突然闪过一个念头：我朋友的这个举动，如果是想在这个可怜虫的生活中制造一桩麻烦，或者想知道一枚假币在一个乞丐手里会产生什么不幸或其他种种后果时，他的行为还是有情可原的。这枚假币能换来一大把真钢镚儿么？他会不会因此而坐牢，比方说，因为一家小酒馆或面包房老板告发他制造或使用假币而被抓起来呢？同样，对一个可怜的小投机者来说，这枚假币还可能是让他在几天内成为暴发户的本钱。我就这样胡思乱想着，为我朋友的心灵安上翅膀，从种种可能的假设中去推导种种可能的结论。

我的遐想猛然间被这位朋友打断了，他重拾起我的话头："是啊，您说得对；除却惊喜，更大的快乐莫过于始料未及。"

我白了他一眼，发现他目光中闪动着不容置疑的坦率，这无疑令我惊恐。我这才明白，他是既想行善，又想做一笔好买卖；既要省下四十个苏①，又要赚取上帝的心，廉价地赢得天堂；总而言之，他是想白捞一份慈善家的证书。刚才我一直以为他渴望搞点

---

① 四十个苏相当于两个法郎。

儿恶作剧，寻寻开心，庶几要原谅他了；他拿穷人取乐，我本觉得无非是搞搞怪；但我绝不会原谅他这种下作的算计。作恶不可恕，自知其恶也尚有可取之处；最无瘳之恶莫过于因愚蠢而作恶。

[题解与注释]

一、《假币》（*La Fausse Monnaie*）首次发表于
1864 年 11 月 1 日《艺术家》，再发表于 1864 年 12 月
25 日《新巴黎评论》，1866 年 6 月 1 日最后一次发表
于《十九世纪评论》（*Revue du XIXe siècle*）。

在《新巴黎评论》发表的文本作为定稿被收入
《波德莱尔遗作》。

二、波德莱尔创作这篇散文诗的最初构思，来
自其艺术评论《异教派》（*L'École païenne*）的结语
部分：

> 对于形式的过份的喜爱导致可怕的、前所未
> 闻的混乱。因为有程度的不同，公正、真实这些
> 概念如果把强烈的激情专注于美、滑稽、漂亮和
> 别致的话，它们就会消失殆尽……艺术的疯狂等
> 于思想的滥用。这两种至高无上的东西，任何一
> 种都会产生愚蠢、冷酷无情和巨大的骄傲及自
> 私。我记得听人说过，一个轻浮的艺术家得到一
> 枚伪币，他说：我把它留给一个穷人。这个无耻
> 之徒从偷窃穷人中得到一种卑鄙的快乐，同时又

享受了仁慈的名声所具有的好处。①

三、"作恶不可恕，自知其恶也尚有可取之处"：波德莱尔与爱伦·坡和迈斯特尔一样，对卢梭"人人生而善良"的理论是唱反调的，他认为人之初性本恶。在《关于〈危险的关系〉的笔记》(*Notes sur «Les Liaisons dangereuses»*)② 中，他写道："自知其恶并不那么可怕，比之恶而不自知，自知其恶更近乎痊愈。"

此外，波德莱尔在《恶之花》的《意料之外》一诗中也对这种人进行了抨击：

吃惊的伪君子，你们真信

既嘲弄主子，又偷滑耍奸，

还能把两种奖赏同时占全：

灵魂升天又腰缠万贯？

---

① 本段译文引自郭宏安译《波德莱尔美学论文选》，人民文学出版社 1987 年版，第 49 页。

② 《危险的关系》(*Les Liaisons dangereuses*) 是法国作家拉克洛 (Pierre Choderios de Laclos，1741—1803) 1782 年发表的一部长篇书信体小说。

29　慷慨的赌徒

　　昨天，我穿过林荫大道上的滚滚人流时，觉得有个神秘人物与我擦肩而过，我一直渴望结识此人，尽管素未谋面，可还是立刻认出了他。而他无疑也人同此心，擦身而过时意味深长地向我眨了眨眼，我立刻心领神会地跟了过去。我小心翼翼地跟着他走，很快就到了一处地下场所，里面灯火辉煌，其装潢之豪华，是巴黎任何一处高档住宅所无法比拟的。我不免有些奇怪，如此富有魅力的一处秘境，我肯定经常徘徊其侧，却从未想过入口何在。里面弥漫着高雅的气氛，尽管有些醉人，但能顷刻间让人忘掉生活中一切令人生厌的恐惧；吐纳之间那种朦胧的自在，与那些食莲者 ① 颇有些相似：当时，他们在一座午后始终阳

———————

① 食莲者（les mangeurs de lotus），典出荷马史诗《奥德赛》：特洛伊战争结束后，奥德修斯率领士兵返乡途中，船队被暴风雨吹到一处海边。上岸找水的士兵吃了岛民给他们的当地特产莲子（又译忘忧果）后，竟然忘记了家乡和亲人，忘记了自己上岸的目的，也忘记了回到船上去。后比喻身居异乡，乐不思归。

光明媚的迷人小岛上岸，随着瀑布悦耳的、令人昏昏欲睡的水声传来，每个人心中都萌生出一种渴望，渴望永不再见自己的家园、自己的妻子儿女，也永不再乘风破浪。

那儿的男男女女，面孔奇特，显露出难以抗拒之美，似曾相识，但何时何地已记不清了；这些面孔唤起了我的手足之情，而不像乍见生人时常有的那种恐惧。若要尝试着以某种方式定义他们目光中的奇特表情，我会说，我从未见过哪道目光释放出的渴望会如此强烈：畏惧厌倦，追求永生。

我和东道主落座不久就已然成为老友。我们品尝着饭菜，尽情地畅饮着各种珍酪佳酿；更离奇的是，几个小时的畅饮后自己并不觉得醉得像我的东道主那样厉害。其间，乐得让我们忘乎所以的赌博数次中断我们的畅饮，我得承认，我抱着客随主便和放任的轻松参与了赌博，并在关键一局中输掉了我的灵魂。灵魂这种东西，来无影去无踪，往往百无一用，有时还特别碍事，输掉它我倒也没觉得有什么不安，就如同散步时丢了张名片似的。

我们一直吸着雪茄，雪茄味道独特，气味芬馥，激发灵魂怀念起故乡和未知的幸福，我沉醉于这种种快乐当中，不免有些忘乎所以，竟然端起斟满的一杯酒冲他喊道："老公羊①，我祝您永远健康！"而他似乎也没有什么不快。

我们还谈到宇宙，谈到宇宙的出现及其未来的毁灭；谈到本世纪的伟大理念，即社会的进步与完善，总之，谈的都是人类种种自诩的形态。那位殿下就此话题口若悬河，轻松而又雄辩，各种俏皮话灿若莲花，其措辞之美妙、诙谐之自制，为我在人类那些最响当当的健谈者口中所未见。他向我解释了迄今控制人类大脑的各种哲学是何等荒谬，甚至破例向我透露了若干原理——这些原理我是不会同任何人分享其收益和所有权的。他从不以任何方式为自己在世界各地的坏名声辩解，他向我保证他自己就最关心破除迷信，还坦承自己只有一次为自己的能力震惊——那天，他听到讲坛上某个比其同道更精明的传道者高声说道："亲爱的兄弟们，当你们听人吹嘘启蒙时代的进步时，切记，魔鬼最高明的诡计就是让你们相信他并不存在！"

提到那位著名的演说家，我们的话题自然而然就转向了学士院，我这位奇怪的同桌餐友向我证实，许多情况下，他并非不肯在文笔、话语和良心方面启迪

---

① 撒旦的形象为人身羊头。

那些学究，其实他几乎亲自参加了学士院的每次会议，只是未显形而已。

我受到如许善意的鼓舞，便向他打听上帝的消息，问他近来可曾见过上帝。他一带而过又略显忧郁地答道："我们相遇时总要寒暄的，但无非是像两位年长的贵族那样，虽天生彬彬有礼，但记忆中的宿怨却始终难以泯灭。"

这位殿下恐怕从未在一位凡人身上花费过这么多时间，我怕耽搁他太久。终于，微微颤动的晨曦照亮了窗棂，这位名人，这位有那么多诗人颂咏、又有那么多哲学家冥冥之中为其荣名效力的人物对我说道："我希望能给您留下好印象，并藉此证明，我，被人说了那么多坏话，其实有时就像你们俗话中说的，是个不错的家伙。您输掉了自己的灵魂，为了补偿这一无法弥补的损失，我要付给您一笔赌金，运气好您就能赢，也就是说，给您一种可能，能让您终生舒缓或战胜厌倦这种怪病，这种病是您的一切病痛之根，是您庸碌无为之源。今后我将助您实现您的任何愿望；您将统领您的那些凡俗同类；您将赢得恭维甚至崇拜；金银财宝、仙境宫殿将不请自来，恳请您笑纳且不费您举手之劳；您将随意经常变换自己的祖国和故乡；在那些迷人的地方，您将沉醉于逸乐而乐此不疲，那里的气候永远怡和，那里的女人如花弥散芳香——等等，等等……"他边说着这些，边微笑着起身送客。

如果不是顾及身份，我真想拜倒在这位慷慨的赌徒脚下，感谢他罕有的慷慨之举。可离开他后，我那疑心痼疾又缓慢地复归我心；我再不敢奢望能如此鸿运高照，上床后，我又依照愚蠢的积习做起了祷告，在迷迷糊糊的状态下口中念念有辞："我的上帝！主呵，我的上帝！求您让那魔鬼信守对我的承诺吧！"

[题解与注释]

一、《慷慨的赌徒》(*Le Joueur généreux*)首次发表于 1864 年 2 月 7 日《费加罗报》,再发表于 1866 年 6 月 1 日《十九世纪评论》。

在《费加罗报》发表的文本作为定稿被收入《波德莱尔遗作》。

二、《慷慨的赌徒》也是波德莱尔打算写成韵文诗并与《野女人和小情妇》《诱惑,或情爱、财神与荣耀》和《美丽的多罗泰》一起收入第二版《恶之花》的。

本篇散文诗是对浮士德传说的改写,有嘲笑意味。自从奈瓦尔将歌德的《浮士德》译介到法国后,改写浮士德传说的做法变得很普遍,连戈蒂耶和海涅也都曾把这个传说改写成短篇小说:戈蒂耶创作了《奥努弗里乌斯》(*Onuphrius*),海涅创作了《归来》(*Retour*)。

三、"食莲者":波德莱尔此处用典并非单指荷马史诗《奥德赛》,也指丁尼生 ① 的名诗《食莲者》

———————

① 丁尼生(Alfred Tennyson,1809—1892),英国诗人。

（*Mangeurs de lotus*）。丁尼生该诗曾对波德莱尔长诗《远行》（*Voyage*）的若干段落有过启迪。

四、"讲坛上某个比其同道更精明的传道者"：此处似指拉维尼昂神父 ①。1837—1846 年，拉维尼昂神父接替其前任拉科代尔神父 ② 连续多年在巴黎圣母院发表四旬斋演说。

五、"魔鬼最高明的诡计就是让你们相信他并不存在"：此处涉及一个十分古老的观念：不信魔鬼才会爱魔鬼 ③。波德莱尔十分喜爱这种说法，并曾打算在其《恶之花》序言中阐释相关概念。在《恶之花》序言的一份提纲中他曾写道：

> 魔鬼。原罪。好人。假如您乐意，您会成为僭主的红人。爱上帝，更难于信仰上帝。反之，本世纪的人们信仰魔鬼，更难于爱魔鬼。人人都

---

① 拉维尼昂神父（le père Ravignian，1795—1858），法国耶稣会教士、作家、著名传道者。
② 拉科代尔神父（Jean-Baptiste-Henri Lacordaire，1802—1861），法国修道士、演说家、记者和政治家，1860 年当选法兰西学院院士。他复兴了法国多明我会，被视为自由派天主教的先驱。
③ 原文为拉丁文：*diabolum negare est diabolum credere*。

为魔鬼效力却没人信仰魔鬼。此即魔鬼精明叵测之处。

六、"您输掉了自己的灵魂，为了补偿这一无法弥补的损失，我要付给您一笔赌金，运气好您就能赢，也就是说，给您一种可能，能让您终生舒缓或战胜厌倦这种怪病，这种病是您的一切病痛之根，是您庸碌无为之源"：波德莱尔始终在抨击社会的毒瘤——厌倦。在《恶之花》的《致读者》中，他写道：

可还有一个更卑陋，更凶残！
它既不张牙舞爪又沉默寡言，
但它蓄谋将大地碾成碎片，
在欠伸之间便将世界吞咽；

它叫"厌倦"！……

七、"我的祈祷"：可参考《志向》和《凌晨一点钟》来阅读本篇散文诗，同时还可参考波德莱尔在《我心赤裸》中的这段笔记：

上帝及其深奥。

在不丧失理智的前提下，我们可以在上帝身上寻觅我们从未相遇的知音和朋友。在这出悲剧中人人都是主角，上帝是永恒的知己。也许有些高利贷者和杀人犯会对上帝说："主呵，请保佑我下一次行动成功吧！"但这些坏蛋的祈祷丝毫不能减损我在祈祷中获得的荣耀和快乐。

30 绳 子
——献给爱德华·马奈 ①

    我的朋友对我说:"人与人之间、人与物之间,幻觉或许都同样数不胜数。幻觉一旦消失,也就是说,当我们搞清楚身外之人或身外之物的本源时,就会产生一种奇特复杂的情感,那情感喜忧参半,既为幻象不再而惋惜,又对新奇事物和事实真相惊喜赞叹。如果真有一种外在、常见、始终不渝且其性质绝不可能搞错的现象存在,那就属母爱了。说一位母亲没有母爱,就如同说阳光不温暖一样令人难以想象;所以,母亲的一言一行都出自于对自己孩子的母爱,这不是天经地义的么? 不过,请您听听这个小故事吧,我可是被这个小故事中的那种最自然不过的幻觉彻底搞晕了。

---

① 爱德华·马奈(Édouard Manet,1832—1883),法国画家,19 世纪印象主义画派的奠基人之一,波德莱尔的好友。

"我是个画家，职业习惯让我总要详加观察路上遇见的每张面孔、每种表情，您知道，这种观察力让我们眼中的生活远比别人眼中的生活更生动、更有意义，我们乐此不疲。我当时居住的那个偏僻街区，每栋建筑之间都有大片草地，我时常在那儿观察一个孩子，他众多的表情中，最先打动我的是那种热情和顽皮。他不止一次当过我的模特，我时而把他画成流浪儿，时而把他画成天使，时而把他画成神话中的爱神。我让他拉过流浪者的小提琴，戴过耶稣受难的荆冠，插过耶稣受难的钉子，擎过小爱神的火炬。我从这孩子的率真中获得了极大的乐趣，终于有一天，我请求他的父母———一对穷夫妇———把他送给我，我答应给他穿漂亮衣服，给他零花钱，除了给我洗洗画笔、跑跑腿以外，不会逼他干任何重活。这孩子的小脸洗干净后，变得可爱极了，比起在他父亲家的破房子，他在我家的日子简直就是天堂。不过我得承认，这小家伙不时会离奇地流露出早熟的忧伤，这让我震惊，而且不久就暴露出了笃嗜糖酒的毛病；我多次提醒过他，可有一天我还是发现他又偷了嘴，于是吓唬他说要把他送回他父母那儿去。然后我就出门办事去了，在外耽搁了很久。

"等我回家的时候，一眼就看到那个小家伙、我生活中的捣蛋鬼吊在衣柜的镜板上，我当时是多么害怕和惊慌呵！他的双脚几乎碰到地板，一把椅子倒在旁边，肯定是他踢翻的；头疼挛地歪向一侧肩头；脸已经浮肿，眼睛瞪得老大，怪吓人的，让我最初以为他还活着。要把他放下来可不像您想象得那么简单。他全身已然僵硬，我不忍心再让他猛然磕在地上。必须得用一只手托住他的全身，再用另一只手去剪断绳子。可这还不算完，这小鬼用了一根极细的绳子，绳子深深地勒进了肉里，只得再找一把小剪子在两道肿胀起来的肉沟里探查并剪断绳子。

"我忘了告诉您，我还曾高声呼救；但所有邻居都不肯出来帮忙，他们恪守着一种我也说不清道不明的习俗，即'君子远自缢'。最后来了一位医生，说这孩子已死去数个小时了。再后来要给他脱衣服、缠裹尸布时，四肢已僵硬得弯不过来，只好撕开或剪开衣服，才算换了下来。

"人命案子自然要向警方报案，警长乜斜着眼对我说：'这事很可疑！'他这样说，无疑是出于习见和职业习惯，甭管有罪没罪先吓唬一下再说。

"还有最后一件大事要办，想起来我就怕得要命：得告知孩子的父母。可我的脚却不听使唤。最后我终于鼓起了勇气。不料，孩子的母亲却毫无反应，眼角连一滴泪也没有，这让我大为惊诧。我把这种反常归结为她应激所致，并想起了那句众所周知的格言：'哀莫大于无语。'至于孩子的父亲，则只会半迟钝、半迷茫地叨咕道：'甭管怎么说，这样也许更好；反正总不是好死！'

　　"可正当我在一个女仆的协助下准备后事时，孩子的母亲走进了我的画室，那孩子的尸体还停放在我的长沙发上。她说她要看看儿子的遗体。说实话，我无法阻止她的悲痛，也无法拒绝她在哀伤中得到最后的慰藉。随后，她又求我指给他孩子上吊的地方。'哦！别看了吧！太太，'我回答说，'那会让您难受的。'可我的目光却不由自主地转向了那不祥的衣柜，看到壁板上的那根钉子上还挂着一截长长的绳子，我心中一阵恶心，恶心中还羼杂着恐惧和恼怒。我赶忙冲过去想给这桩惨案灭迹，刚想把它从敞开的窗口扔出去，那可怜的女人却抓住我的手臂，以不容抗拒的口吻说道：'哦！先生！把它留给我吧！求您了！求求您了！'我觉得，她一定是悲痛欲绝而神智昏乱，竟然连儿子用来寻死的工具都难以割舍，想把它留作可怕而又弥足珍贵的遗物——随即她一把夺过了钉子和绳子。

　　"终于！终于！一切都办妥了。我比往常更急欲投入工作，好慢慢驱走那个盘踞在我头脑深处的小小尸体，我实在是烦透了那瞪大眼睛盯着我的幽灵。可第二天，我收到一包邮件：其中有几封是我这幢楼里的住户寄来的，另外几封是隔壁几幢楼寄来的；一封来自二楼，一封来自三楼，一封来自四楼，各个楼层都有；有些信以半开玩笑的口吻写就，似乎想用看似插科打诨来掩盖真心欲求，有些信则着实无耻且错字连篇，但目的只有一个：就是从我手中索取一截虽晦气却又能降福的上吊绳。从署名看，应当是女性多于男性；但请相信我，所有这些人都不是下层平民。我把这些信都保存了起来。

"刹那间，我突然明白了那位母亲为何执意要从我手中夺去那截绳子，又打算用那截绳子做什么交易来安慰自己。"

[题解与注释]

一、《绳子》(*La Corde*)首次发表于 1864 年 2 月 7 日《费加罗报》, 再发表于 1864 年 11 月 1 日《艺术家》, 1866 年 6 月 12 日又发表于《事件》(*L'Événement*)。

在《费加罗报》发表的文本作为定稿被收入《波德莱尔遗作》。

二、毫无疑问, 本篇散文诗中的那个悲惨故事的主人公是亚历山大 (Alexandre), 他是马奈 1858—1859 年创作的布面油画《手拿樱桃的男孩》(*L'Enfant aux cerises*)和 1861 年创作的铜版画《男孩与狗》(*Le Garçon et le chien*)的模特。

《手拿樱桃的男孩》现收藏于葡萄牙里斯本古尔本基安美术馆 (Fondation Gulbenkian)。

三、"刹那间, 我突然明白了那位母亲为何执意要从我手中夺去那截绳子, 又打算用那截绳子做什么交易来安慰自己": 本篇散文诗 1864 年 11 月 1 日在《艺术家》发表时, 结尾还有一段:

　　"当然喽!"我回答我的朋友说,"一条一米长短的上吊绳,十厘米就能卖一百法郎,如果用这个办法十厘米十厘米地卖出去,就是一千法郎,这对那位可怜的母亲,该是何等实惠、何等有效的宽慰呵!"

31 志 向

　　一座美丽的花园里，秋日阳光似乎乐而忘返，近乎绿色的天空中，数朵金色的云漂浮着，犹如远行的陆地，四个漂亮的孩子——四个男孩儿——想必是玩腻了，正在闲聊。

　　一个说道："家里人昨天带我去看戏了。高大肃穆的宫殿背景上能看到大海和天空，有几个男人和女人，一个个表情严肃面带悲伤，可远比我们所见的那些人漂亮多了，穿戴得也更好，谈吐似歌。他们在相互威胁、相互祈求、相互慰藉，手却始终按住腰带上的短剑。哇！真好看！那些女人比来我家做客的女客们美多了，高多了，尽管她们的大眼睛凹陷着，脸颊火红火红的，挺吓人，却又让人无法不喜爱她们。我有点儿害怕，想哭，却又很高兴……还有，更怪的是我也渴望自己能穿上同样的衣服，说同样的话，做同样的事，用同样的嗓音交谈……"

　　四个孩子中的一个，已经有好一会儿没听同伴们说话了，他好奇地凝望着天空中的某个点，突然说道："快瞧，快瞧那边……！你们看见他了么？他就坐在那一小片孤零零的云彩上，就是那一小片火红的、挪动很慢的云彩。他也一样，好像他也在看我们。"

"你说谁呐？"其他孩子问。

"上帝呀！"他答道，语气坚定。"哎！他走远了，你们一会儿就看不到了。没错，他肯定是在巡行，在周游列国。快瞧，他快经过那排树后面啦，就在天边上的那排树……现在他落到钟楼后面啦……哎！看不到他了！"那孩子转向那个方向，又凝望良久，凝望着隔开天地的那条线，目光中闪烁着难以名状的狂喜和遗憾。

"这家伙真傻，就知道说只有他自己才能看得见的那个好上帝！"这时，第三个孩子开口了，他身量不高，却身手敏捷、生气勃勃。"好吧，我给你们讲讲我碰到的一件事，你们肯定没碰到过，比你们讲的看戏和云彩的事都刺激多了——不久前我爸妈带我去旅行，到了我们要歇脚的那家客栈时，床位不够了，所以就让我和保姆睡一张床。"他把伙伴们拉近了一些，压低了嗓门，"告诉你们吧，不是一个人睡，是夜里和保姆睡在一张床上，那感觉很特别。我睡不着，就趁她熟睡时，让手慢慢滑过她的胳膊、脖子和肩膀。她的胳膊和脖子比别的女人粗壮，可皮肤特别细、特别柔软，像信纸或绵纸似的。当时我的兴致可高了，要不是心里害怕，真想再摸下去，一是怕把她弄醒，二是不知道自己还怕什么。后来，我又把头埋进了她披在后背的头发里，那头发像鬃毛一样又厚又密，可是闻着很香，我敢说，就像此刻闻着花园里的那些鲜花一样。你们要是有机会，也像我这么试试，就明白啦！"

这小家伙披露这段奇闻时，眼珠子瞪得溜溜儿圆，似乎还恍然沉浸于当时的惊诧感觉当中，此时，落日的余晖掠过他蓬乱的红棕色发卷，仿佛点燃了一轮激情的硫磺色光环。不难想象，这孩子绝不会为了在云彩里寻找上帝而贻误一生，他一定会到其他地方去寻觅心爱的女人①。

最后，第四个孩子说道："你们知道，我在家里不开心；没人带我看过戏；我的监护人简直一毛不拔；上帝没关心过我和我的厌倦，我也没有漂亮的保姆照料我。我常常想，我的快乐就是永远一直向前

---

① 波德莱尔在此使用了一个双关语"la Divinité"，该词既有"上帝""天主""神灵"之义，又有"心爱的女人"或"美女"之义。

走，就是永远去发现新奇的国度，不用管去哪儿，也不要别人操心。我在哪儿都觉得不舒服，总觉得只要是在另一个地方，就会比我现在呆的这个地方好。也真巧！上次邻村的集市上，我看到了三个人，他们正过着我向往的那种生活。你们几个是不会注意到这种事的。他们个头很高，皮肤近乎黑色，虽然衣衫褴褛，却很高傲，一副万事不求人的样子。可一旦开始奏乐，他们阴郁的大眼睛就立刻明亮起来；他们的音乐着实令人称奇，听着这种音乐，让人一会儿想跳舞，一会儿想哭，一会儿既想跳舞又想哭，这种音乐听久了肯定得疯。其中一个，拉着小提琴，那琴声如泣如诉；另一个，用皮带在脖子上挂着一个小键盘，正在用小锤击打琴键，像是在嘲笑他旁边那个悲叹的伙伴；而第三个则不时拼命敲着手中的铙钹。他们是如此自得其乐，即便人群散去，依旧继续演奏着他们的土著乐曲。最后，他们捡起地上的零钱，背起行囊走了。我想知道他们住在哪儿，就远远地尾随着他们，一直走到林子边上，到了那儿我才明白，他们居无定所。

　　"于是，其中一个问道：'要搭帐篷么？'

　　"'嘿！肯定用不着！'另一个答道，'夜那么美！'

　　"第三个数着零钱，说：'那些男人对音乐没感

觉，他们的老婆跳舞跳得像狗熊。幸亏再有个把月咱们就到奥地利了，那边的老百姓要比这儿的可爱多了。'

"另两个人中的一个说道：'去西班牙可能更好吧，快换季了；咱们得赶在雨季前开溜，现在润润嗓子就好了。'

"你们看，我都记住了。随后，他们各自喝了一杯烧酒，就面对着星空睡下了。起初我本想恳求他们带我一起走，教我演奏他们的乐器；但我没敢吱声，当然一是做点儿什么决断都不容易，二是怕我还没走出法国就被逮回去了。"

其他三个同伴的表情都不大感兴趣，这让我想到，这个小家伙已经是一个不被理解的人了。我仔细地观察着他；在他的眼神里和额头上，有一种我说不出来的命中注定的早熟迹象，这种早熟通常会让他人退避三舍，可不知为什么却激起了我的好感，我甚至在瞬间冒出了一个怪念头：我可能有一个连我自己也不认识的弟弟。

夕阳下山了。庄严的夜已然降临。孩子们分手了，各自按照宿命和机运的安排，在冥冥中去践行自己的命运，那命运要么会令他们的亲人蒙羞，要么会让他们走向荣耀或耻辱。

[题解与注释]

一、《志向》(*Les Vocations*)首次发表于 1864 年 2 月 14 日《费加罗报》,再发表于 1864 年 5 月 28 日《屈塞和维希周刊》(*La Semaine de Cusset et de Vichy*)。

二、波德莱尔经常强调孩子们的感受的重要性。他在《鸦片吸食者》(*Un mangeur d'opium*)第六章中写道:

> 某种童年时代的小小的悲伤、小小的欢乐,被微妙的感受、无限地扩大,后来就在成人身上变成一件艺术品的起因,甚至他自己都不知道。反正为表达得更简明起见,天才不过是表达清晰的、现在(姑且这么说)又具有成人的、有力的器官的童年,这不是用一种在成熟的艺术家的作品和当他是孩子的时候的精神状态之间的哲学比较很容易证明的吗? ①

在《现代生活的画家》第三章中,他的这一观念

———————

① 本段译文引自郭宏安译《人造天堂》,三联书店 2011 年版,第 122—123 页。

又有了进一步的发展，并引出了那段著名的话：

> 然而，天才不过是有意的重获的童年，这童年为了表达自己，现在已获得了刚强有力的器官以及使它得以整理无意间收集的材料的分析精神。①

三、"最后，第四个孩子说道"：波德莱尔在此处受到了勒诺②的一首诗的启发。这首诗是李斯特③在其1859年《论匈牙利的波希米亚人及其音乐》(*Des Bohémiens et de leur musique en Hongrie*)一文中引述的：

> 再没有谁能像勒诺在其《三个波希米亚人》(*Trois Bohémiens*)那首诗那样，把吉普赛人固有哲学中的那种爱幻想的、慵懒的和乐天的高傲精神体现得如此淋漓尽致了……在那首真实的诗中，勒诺通过三个波希米亚人的一言一行，完美

---

① 本段译文引自郭宏安译《波德莱尔美学论文选》，人民文学出版社1987年版，第480页。

② 勒诺（Nicolas Lenau，1802—1850），奥地利作家、诗人。

③ 李斯特（Franz Liszt，1811—1886），匈牙利作曲家、钢琴家、指挥家。

地刻画出了他们自负的形象，在无意间揭示出了他们灵魂中的天性：

"有一天，我正费力地驾车沿着沙滩上的车辙前行，看见三个波希米亚人躺在一大片草地边上。

"其中一个人手拿一把小提琴，正在为自己演奏一首激情四溢的曲子，四周是夕阳洒下的血红色的光影。

"另一个人嘴里漫不经心地叼着一只烟斗，眼睛盯着袅袅飘飞的烟圈；那无忧无虑的神态似乎在说他的幸福无以复加，世上再没有什么可以为他锦上添花的了。

"第三个人正在熟睡，他的铙钹挂在树枝上；微风从铙钹的细绳上穿过，梦境漂浮在他的心头。

"三个人都穿着五颜六色的衣服，十分鲜艳，上面有很多裂口；但三个人脸上带着那种天生而来的自由神态，对此似乎满不在乎，对人世间的一切命运似乎也不屑一顾。

"就这样，他们三人仿佛三次向我表明了：当生活无非是一场黑暗时，他们依旧可以三倍地去蔑视它，照样可以吸烟，照样可以鼾睡，照样可以演奏！

　　"我继续赶路，但长久地思索着这几个波希米亚人橄榄色的面孔和褐色的头发。"

　　波德莱尔很熟悉李斯特的这部作品，因为李斯特曾把这部作品题赠给他。同样，波德莱尔在《我心赤裸》中的这段札记我们也是耳熟能详的：

　　赞颂流浪和人们称之为"波希米亚风格"的那种东西，即对音乐所表达出的多重感觉的狂热的爱。参考李斯特。

32 酒神杖

——献给弗朗茨·李斯特

何为酒神杖①？就道德和诗意而言，它象征圣职，由男女祭司持杖在手以颂扬神明——他们正是神明的代言人和侍奉者。就物质上讲它终究是一根棍子，一根普通的棍子，以蛇麻草为杆，用葡萄藤作架，干燥、坚硬、笔直。棍子四周，枝蔓和花朵随意攀缘，玩耍嬉戏，枝蔓曲折而四下伸展，花朵则仿佛倒挂金钟或扣着的酒杯。线条和色彩或柔和，或绚烂，而某种令人惊叹的荣光恰从这纷繁交错中脱颖纷呈。难道不可以说，那正是曲线和螺线在向直线求爱，并跳起无言之爱慕的舞蹈么？难道不可以说，那正是所有这些娇美的花冠、所有这些花萼围住那根神圣的棍子弥散芬芳和色彩，并欢跳着神秘的凡丹戈舞②么？然而，

---

① 酒神杖（le Thyrse），希腊神话中酒神狄俄倪索斯的手杖，上面挂有松果，缠着葡萄藤蔓。

② 凡丹戈舞（fandango），西班牙民间的一种伴以响板的 6/8 拍舞蹈。

又有哪个缺心眼的冒失鬼敢断言说，这些花朵和葡萄藤蔓是为那棍子而生，抑或那棍子只是一种摆设，无非是用来展示花朵和葡萄藤蔓之美的呢？强大无比、受人尊崇的大师呵，敬爱的、神秘与激情之美的酒神祭司呵 ①，酒神杖乃是您威严的双重象征，无论被无敌的酒神激怒的水泽仙女在其癫狂的女伴头顶如何挥舞酒神杖，也比不上您在自己兄弟们心中展现天才时那样强劲有力，那样挥洒自如。这根棍子，乃是您刚直、坚毅的意志；这些花朵，乃是您的想象力秉承您的意志在漫步；乃是阴柔的元素在拥簇其雄健而施展的神妙的回旋。直线与曲线，意图与表现力，刚强的意志，委婉的表达，一致的目标，多变的形式——这种天才之全能与不可分割的混合体，又有哪位分析大师能有如此可憎的勇气，破解和分离你们呢？

亲爱的李斯特，您呵，永恒之逸乐与焦虑的歌者，哲人、诗人和艺术家，无论您身在何方，无论您置身于永恒之城的辉煌，还是穿行在康布里努斯 ② 抚慰的梦幻之国的迷雾，无论您正在即兴演绎欢娱或难言之痛的歌曲，还是在稿纸上寄托着您深奥的沉思，

---

① 此处指李斯特。
② 康布里努斯（Cambrinus），传说中啤酒的发明者，被誉为比利时、荷兰、德国和其他欧洲国家的啤酒之王。

我都将穿越重重雾障，跨过条条江河，在那众城之
上——在那儿，一架架钢琴在颂扬您的英名，一台台
印刷机在播扬您的智慧——向您致以永恒的敬意！

[**题解与注释**]

一、《酒神杖》（*Le Thyrse*）首次发表于1863年12月10日《国内外评论》。

二、关于酒神杖的形象，波德莱尔无疑借用了德·昆西《来自深处的叹息》（*Suspiria*）中的一节。在《鸦片吸食者》第一章《婉转的措辞》（*Précautions oratoires*）中，他写道：

> 我无疑要大大简化；德·昆西本质上是离题的；幽默作家这种称谓用在他身上比其他什么都合适；他在一个地方把他的思想比作一根酒神杖，这是一根普通的棍子，从包裹着它的复杂的叶片中获得形象和全部魅力。①

在最后一章《结论》（*Conclusion*）中，波德莱尔又写道：

> 这里，像在已经分析过的部分一样，这种思

---

① 本段译文引自郭宏安译《人造天堂》，三联书店2011年版，第71页。

想是根神杖，他已经怀着一个很有自知之明的流浪汉的天真愉快地谈论过了。主题的价值只是一根干而光的棍子的价值；但是对于眼睛来说，花边、葡萄藤和花却因其顽皮的扭结而成为一笔珍贵的财富。德·昆西的思想不仅仅是迂回曲折的；这个词力量还不够；它本质上是螺旋式的。①

三、波德莱尔与李斯特结识于1861年——那一年，波德莱尔曾撰文为瓦格纳的歌剧《唐豪瑟》（Tannhäuser）辩护——他将自己的作品《人造天堂》题赠给李斯特，李斯特也将自己的作品《论匈牙利的波希米亚人及其音乐》题赠给了波德莱尔。在创作《志向》那篇散文诗时，波德莱尔很可能参考了李斯特的这部作品。

---

① 本段译文引自郭宏安译《人造天堂》，三联书店2011年版，第140页。

33　沉醉吧

　　但愿长醉不用醒。一切均系于此：这是唯一的问题。为了忘却那压垮您的双肩、压得您直不起腰的可怕的时光重负，惟有长醉不醒。

　　沉醉于何物？醇酒、诗歌或者德行，悉听尊便。只要一醉方休。

　　有时，假如您在宫殿的蹬道台阶上、在沟堑的茵茵绿草上、在室内郁闷的孤独中清醒过来，醉意减退或全消，那就去问问清风，问问海浪，问问星辰，问问飞鸟，问问时钟，问问那些正在飘过的、呻吟的、运行的、歌唱的、言说的一切，问问它们几点钟了；清风、海浪、星辰、飞鸟、时钟就会回答您说："该沉醉了！为了不受时光的折磨，为了不做时光的奴隶，请您沉醉吧；永远地沉醉吧！沉醉于酒，沉醉于诗，还是沉醉于德行，一切悉听尊便。"

[题解与注释]

一、《沉醉吧》(*Enivrez-vous*)首次发表于 1864 年 2 月 7 日《费加罗报》。

二、本篇散文诗的主题与《恶之花》中的"酒"系列组诗和《人造天堂》相近。沉醉令"我"与"非我"重叠,激发出波德莱尔在观赏德拉克洛瓦的油画、聆听瓦格纳的音乐和阅读爱伦·坡的作品或邦维尔的诗时所曾感受到的深层情感。

34　已　矣！

太阳从大海那儿乎一望无际的巨大水盆中跃出已有上百次了，有时光芒四射，有时哀伤欲绝；又上百次地重新扎入大海那无垠的夜之浴盆，有时霞光万丈，有时愀然不乐。好多天以来，我们便已能观赏到苍穹的另一端并辨读对蹠点①上的天空字母了。旅客无不在呻吟和抱怨，抵近陆地看来反而加剧了他们的痛苦。他们说："要捱到什么时候才能美美地睡上一觉呵，不再受波涛颠簸，不再被海风搅扰？它们的鼾声比我们厉害多了。什么时候才能吃上一顿不那么咸的肉呵？那肉食就像运载我们的那可恶的海水一样咸。什么时候才能坐在不再摇晃的椅子上消消食呵？"

有些人已经想家了，后悔丢下不忠而乏味的妻子以及哭闹的孩子们。每个人都为见不到陆地的影子而如此惴惴慌乱，我坚信如果能上岸吃草，他们会比牲

———————

① 对蹠点（antipode），又称对趾点，是地球同一直径的两个端点。

口还要欢实。

总算看到了一道海岸线；邮轮渐近，我们看见了一片美极、迷人的陆地。仿佛生命的旋律从那儿冉冉飞升，化作喃喃絮语；而海岸上的绿色植物林林总总，繁茂异常，花果飘香，沁人心脾，直达数海里。

人们顿时笑逐言开，内心的阴霾一扫而空。所有的争吵被抛诸脑后，不再追究彼此的过错；约好的决斗从记忆中清零，怨恨亦随之烟消云散。

惟有我内心凄然，暗自神伤。离开了这片极具魅惑的大海，离开了这片在其骇人的单纯中变化无穷的大海，我便犹如被褫夺了神力的祭司，心中不由得万般凄楚；而这片大海则似乎在以其嬉戏、风采、怒火和微笑，包容并表达着曾经生活过的、正在生活着的和将要生活的一切灵魂的心境、苦恼和狂喜！

与这无与伦比之美诀别，我痛感沮丧欲绝；此即为何当每个同伴都在说"终于！"时，我却只喊了一声："已矣！"

然而这已是大地了，是拥有声响、激情、舒适和欢乐的大地；是富饶壮丽、充满希望的大地，它为我们送来玫瑰和兰麝的神秘芬芳，生命的旋律在那芬芳中化作爱的絮语，款款向我们走来。

[**题解与注释**]

一、《已矣!》(*Déjà!*) 首次发表于 1863 年 12 月 10 日《国内外评论》。

二、大海的主题在《恶之花》中曾屡屡出现（可参看《前生》《人与海》《永如是》和《苦闷与漂泊》诸诗），但在《巴黎的忧郁》中却颇为鲜见（可参看《海港》）。我们应该记得他在《我心赤裸》中也曾谈到过大海：

> 人们常问，为何大海的壮观与美丽会如此永恒而无穷呢？
>
> 因为大海给人以浩瀚无垠、涌动无边的意象。六七哩①的长度对人来说已是横无涯际。此乃浓缩的无穷。至于是否令人联想起广义上的无穷又有何关呢？只要有十二哩或十四哩（直径），这十二哩或十四哩的海水的波涌便足以带给舟船旅人以至高至美的感受。

———————

① 哩（lieue），法国古里，约合 4 公里。

35　窗　口

从敞开的窗口往里看的人肯定没有从关闭的窗子后面向外观看的人看到的多。没有什么能比一扇被烛光照亮的窗子更深邃、更神秘、更丰富、更幽黯、更奇妙的了。光天化日之下能看到的，总不如一扇玻璃窗后发生的事情那么有趣。在这个黑黝黝或明晃晃的窗洞里，生命在延续，生命在梦想，生命在受难。

跨过鳞瓦起伏的屋顶，我发现了一位中年妇女，她已面有皱纹，是个穷人，总是弯腰做事，总足不出户。根据其面容、其衣着举止，我硬是凭空杜撰出了这个女人的故事，确切地讲是杜撰出了她的传说；我数次把这个故事讲给自己听，自己居然泪流满面。

如果此人是个穷苦老翁，我依然会轻松杜撰出他的故事。

上床睡觉之际，我为能在他人身上体验到生存与困苦而欣慰。

您大概会问："你确信这个传说是真的么？"这种

超乎身外的现实，如果它真能帮助我生活下去，让我感觉到自己的存在，让我了解到自己是何许人，那么它真实与否又有何妨？

[**题解与注释**]

一、《窗口》(*Les Fenêtres*) 首次发表于 1863 年 12 月 10 日《国内外评论》。

二、这是一篇与《人群》和《寡妇们》主题相近的散文诗。也不排除波德莱尔在创作这篇散文诗时想到了霍夫曼的短篇小说《角落里的窗口》(*La Fenêtre du coin*)——那部短篇小说由尚弗勒里于 1856 年译为法文，讲的是一个年迈的足痛风患者每天坐在自家窗口观察路上的行人，并根据其举止和穿戴，杜撰出他们的故事。

后来巴尔贝·多尔维利 ① 也根据这一主题创作了中篇小说《深红色的窗幔》(*Le Rideau cramoisi*)。

三、同样的描述笔法也可以参阅《恶之花》中的《太阳》一诗。

_____

① 巴尔贝·多尔维利 (Jules Amédée Barbey d'Aurevilly, 1808—1889)，法国作家、文学评论家，波德莱尔的朋友。

36　作画的欲望

人或有不幸，而艺术家因欲望而心碎却是有福的！

我渴望画出那个女人，她曾难得地出现在我面前却又骤然消失，仿佛深夜旅人身后的一个令人久久挂怀的倩影。她已消失多久了呵！

她很美，而且何止是美，简直惊为天人。她通身黑色：她所唤起的均属夜色深沉。她的双眸深若洞穴，神秘的光隐约闪烁其间；她的目光亮如闪电，不啻黑暗中的一次爆炸。

若可以想象一颗星辰能倾洒光明与幸福，我情愿将她比作一轮黑色的太阳。但她更乐于让人联想到月亮，肯定是月亮曾影响过她且令她生畏；它并非那牧歌中有若冷冰冰新娘的皎月，而是险恶而令人迷醉的月亮，是高悬于乱云飞渡、风雨欲来的夜之深处的月亮；它并非那造访纯洁之人梦乡的安详而缄默的明月，而是被从空中扯下、虽败而抗争不已的月亮，是在色萨利^①巫婆们的逼迫下，于惊恐的草地之上舞蹈的月亮！

在她小小的额头里，盘踞着执著的意愿和对猎物的喜爱。然而，那张令人不安的面孔的下半部，两只翕动的鼻孔呼吸着未知与不可能的事物，一张大嘴以难以言表的优雅爆发出大笑，那嘴巴唇红齿白、芬芳迷人，让人联想起这样一种奇迹：一朵在火山地带绽放的美艳无比的鲜花。

有些女人会引发占有和玩弄她们的欲望；而这个女人却令人渴望在她的凝视下慢慢死去。

---

① 色萨利（Thessalie），希腊地名。

[**题解与注释**]

一、《作画的欲望》（*Le Désir de peindre*）首次发表于 1863 年 12 月 10 日《国内外评论》。

二、本篇散文诗的主题与《月亮的恩惠》相近。

三、"黑色的太阳"：波德莱尔在此使用了矛盾修饰法，其起源和历史可参考克洛德·皮舒瓦 [1] 1963 年出版的专著《法国文学中的让-保罗·里克特》（*L'Image de Jean-Paul Richter dans les lettres françaises*）[2]。

四、"被从空中扯下的月亮"：这是波德莱尔对卢坎 [3] 史诗《法尔萨利亚》的模糊记忆。波德莱尔青年时期即对《法尔萨利亚》这部史诗充满崇敬之情，甚至想把它译成法文。1866 年 1 月 15 日，他从布鲁塞

---

[1] 克洛德·皮舒瓦（Claude Pichois，1925—2004），法国传记作家、文学评论家、波德莱尔研究专家。

[2] 让-保罗·里克特（Jean-Paul Richter，1763—1825），德国作家。

[3] 卢坎（Lucain，39—65），古罗马诗人，其传世之作为史诗《法尔萨利亚》（*La Pharsale*），描述公元前 49—前 47 年恺撒与庞培之间的内战。这部史诗虽未完成，却被誉为是维吉尔《埃涅阿斯纪》（*Aeneid*）之外最伟大的拉丁文史诗。史诗的第七章描写了公元前 48 年发生于希腊北部法尔萨利亚的战事，全书也以此地为名。

尔写信给圣伯夫，其中说道："《法尔萨利亚》总是那么光彩熠熠，它忧郁伤感，令人心碎，却又有斯多葛派的坚忍，对我的头痛症起到了镇痛作用。"在他未完成的散文诗提纲中也有这样一句话："卢坎的最后之歌。"

五、"渴望在她的凝视下慢慢死去"：在中篇小说《拉·芳法罗》(*La Fanfarlo*)中，波德莱尔描写拉·芳法罗的卧室时使用了同样的笔法。

37　月亮的恩惠

月亮女神，那任性的化身，她从窗口凝望着摇篮中沉睡的你，喃喃自语："这孩子讨我欢喜。"

于是她曼妙地步下云彩的台阶，悄无声息地穿过玻璃花窗。随后，她满怀温情的母爱，躺在你的身旁，将一身清辉洒在你的脸上。你的双眸依旧碧绿，而面颊却异常苍白。你双眼睁得奇大，凝视着这位来客；她如此温柔地揽住你的脖颈，以至你永远有了想哭的欲念。

然而喜极之余，月光流光四壁，仿佛磷光的大气，仿佛闪光的剧毒；那所有充满活力的光都在琢磨着、念叨着："我的亲吻将影响你的一生。你将如我般美丽。你将爱我之所爱以及爱我的一切：爱流水和行云；爱寂静和黑夜；爱浩瀚而深绿的大海；爱无形而百态的水流；爱你永世无法抵达之地；爱你将永世无缘之爱；爱奇形怪状之花朵；爱惹人癫狂之奇香；爱钢琴上神魂颠倒、像女人般以沙哑而悦耳的嗓音哀吟的群猫！

"你将被我的情郎们所爱，被追捧我的人们追捧。你将成为那些碧眼男人的女王，我同样曾以夜之爱抚搂抱过他们的脖子；那些人，他们爱大海，爱那了无涯际、汹涌澎湃的绿色大海，爱那无形而百态的水流，爱他们从未抵达之地，爱他们从未结识过的女子，爱那有若异教之香炉的朵朵不祥之花，爱那迷幻人的奇香，以及貌似疯狂的逸乐的野兽。"

你这可恶、可爱的孩子，你这被宠坏的孩子，所以我才躺在你的脚旁，在你周身遍寻那可怖女神的影子，遍寻那预言祸福之教母、那毒害所有受月亮影响之怪人们的乳母的影子。

[题解与注释]

一、《月亮的恩惠》(*Les Bienfaits de la Lune*) 首次发表于 1863 年 6 月 14 日《林荫大道》，再发表于 1867 年 9 月 14 日《国内外评论》。

该篇散文诗在《林荫大道》发表时无题，在《国内外评论》发表时方有《月亮的恩惠》这一题目，并有"献给 B 小姐"的献辞。B 小姐即贝尔塔，可参看《恶之花》中《贝尔塔的眼睛》一诗。

二、很显然，本篇散文诗吟咏的对象与《浓汤和云》的主角是同一个人。此外，波德莱尔在《作画的欲望》中吟咏的对象似乎也是同一位女子。

我们知道德拉克洛瓦对《月亮的恩惠》有过一段很有意思的评论，这段话是德拉克洛瓦对他的学生皮埃尔·安德里厄[①] 说的，记载于《德拉克洛瓦的调色板》(*Les Palettes de Delacroix*) 一书——该书由勒内·皮奥（René Piot）所著，1931 年由法兰西书店（Librairie de France）出版，第 67 页：

---

① 皮埃尔·安德里厄（Pierre Andrieu，1821—1892），法国画家。

（德拉克洛瓦对安德里厄说）我比任何人都更痛恨一味以画笔炫技的做法。一个真正的画家要以画笔作为工具，为画作提炼出腾飞的品质，这样就能使他的绘画充满雄辩的力量，有如小提琴手从琴弓中提炼出他灵魂中的音符一样。

您要知道，我的小克莱克（这是德拉克洛瓦对安德里厄的昵称），画家一旦丧失了对其工具的认知和爱，枯燥无味的理论就会大行其道。因为，如果不知道以形式和色彩诉诸自己的思想，就只能以词语书写，二流文人就是这么干的。我说的不是像我亲爱的肖邦那样的真正的诗人，而是那种只想解释维吉尔一两句诗的凡夫俗子。

昨天波德莱尔先生来看我，为我读了几首他称作小散文诗的诗，我也对他说了同样这番话。他读完《月亮的恩惠》后，我对他说，这首散文诗和他那首《西特岛之旅》堪称绝配，比其他任何文学描写都更能让我深刻地感知天空中的奥秘。

38　哪一位是真的?

　　我认识一位名叫贝内狄克塔的姑娘，她能让四周的气氛中充满理想，其明眸表明她崇尚高尚、优美、光荣以及让人相信不朽的一切事物。

　　可这个让人赞叹的姑娘红颜薄命，天不假年；我认识她没几天，她就去世了，而且是我亲手将她埋葬的；那天，春风如香炉般将芬芳弥散到墓地，我将她装殓进一具像印度宝箱一样不朽的香木棺中，亲手埋葬了她。

　　当我的双眼仍然凝视着我那瑰宝下葬之处时，蓦地瞧见一个酷似死者的小人儿，她古怪而粗暴，歇斯底里地踩着刚刚堆起的新土，还哈哈大笑说："我，我才是真正的贝内狄克塔！就是我，一个臭名昭著的下流货！为了惩罚你的痴情和盲目，无论如何你都得爱我！"

　　我顿时火冒三丈，回敬道："不！不！绝不！"我拼命跺脚以示坚拒，不料双腿却陷入了新堆起的土中

直至膝盖，结果我就像一只落入圈套的狼陷进了理想
的深坑，或许终生都无法自拔。

[题解与注释]

一、《哪一位是真的？》(*Laquelle est la vraie?*) 首次发表于 1863 年 6 月 14 日《林荫大道》，再发表于 1867 年 9 月 7 日《国内外评论》。

该篇散文诗在《林荫大道》发表时无题，在《国内外评论》发表时的题目为《理想与现实》(*L'Idéal et le Réel*)。

二、本篇散文诗表达了诗人在理想与现实之间的两难心态——波德莱尔在为阿塞利诺《双重人生》(*La Double Vie*) 一书所作的序言中也曾谈及这种双重的心态："我们谁没有这种双重的心态？我想谈谈从童年起就被忧郁击垮的人们；他们的行动与意愿、梦想与现实永远是双重的；永远会给他人造成伤害，永远会对他人多有冒犯。"

雅克·克雷佩[1] 与乔治·布兰[2] 曾对本篇散文诗进行过出色的考证，在将这篇散文诗与波德莱尔

---

[1] 雅克·克雷佩 (Jacques Crépet，1874—1952)，法国文学史家，波德莱尔研究专家。

[2] 乔治·布兰 (Georges Blin，1917—2015)，法国文学批评家，法兰西公学名誉教授。

1854 年 5 月 8 日寄给萨巴蒂埃夫人 ①、但未收入《恶之花》的《赞歌》一诗进行对照后，他们发现本篇散文诗所暗示的正是波德莱尔与萨巴蒂埃夫人之间传奇般的交往。

---

① 萨巴蒂埃夫人（Mme. Apollinie Sabatier，1822—1889），原名阿格拉伊·萨瓦蒂埃（Aglaé Savatier），是巴黎的一位交际花。她心地善良，是公认的美女，有"白维纳斯"的美称。她的沙龙里经常有知名的文人和艺术家聚会，雨果、缪塞、戈蒂耶、圣伯夫、福楼拜、大仲马、柏辽兹、马奈、龚古尔兄弟等都是她家的常客，并尊称她为"女议长"（la Présidente）。1843 年，波德莱尔与之结识，对她怀有柏拉图式的爱情，并匿名寄给她许多情诗。《恶之花》中咏唱萨巴蒂埃夫人的诗有 11 首，被称为"萨巴蒂埃夫人组诗"（Cycle de Mme. Sabatier）。

39　纯种马

　　她相当难看。却很迷人!

　　时光和情爱的利爪在她身上留下了痕迹,并以这种残忍的方式告诫她:每一分钟,每次亲吻,都会带走一些青春和纯真。

　　她长得的确不好看;如果您乐意,把她说成蚂蚁、蜘蛛甚至骷髅都行;可她又是饮品,是仙丹,是巫术!总之,她很曼妙。

　　时光未能中止她步履中发散出的和谐,也未能毁掉她的身材那难以摧毁的优雅。情爱销蚀不了她那孩子般甘甜的气息;时光也拔不走一根她浓密的秀发,从那秀发野性的芳香中,弥散出法国南方狂热的活力:尼姆、艾克斯、阿尔、阿维尼翁、纳尔榜和图卢兹,这些城市一座座都阳光普照,充满了爱和魅力!

　　时光和情爱徒劳地啮噬她,却丝毫减损不了她男孩儿般的胸脯那朦胧而永恒的魅力。

　　她或许有些疲惫,却并无一丝倦意,始终那么英气勃发，令人联想起那些纯种马，它们无论是套在华丽的出租马车上，还是拉着沉重的货车，总难逃真正行家的慧眼。

　　况且，她又是那般温存，那般热情！她爱着，有如人们相爱在金秋；好似将至的凛冬在她心底里燃起新的火焰，而她小鸟依人的柔情也绝不会让人生厌。

[**题解与注释**]

一、《纯种马》(*Un cheval de race*) 首次发表于 1864 年 2 月 14 日《费加罗报》。

二、本篇散文诗的主题与《吟余集》中的《怪物》一诗相近，笔法与《恶之花》中的《寓意》一诗有异曲同工之妙，不同处在于一个丑陋无比，一个端庄靓丽，但可从中领略其对比的笔法。

三、"那些纯种马"：1830—1840 年间，巴黎盛行以赛马术语形容女人。谨以巴尔扎克《高老头》中的一段描写为例：

> 纯血种的马，贵种的美人，这些成语已经开始代替天上的安琪儿，仙女般的脸庞，以及新派公子哥儿早已唾弃不用的关于爱情的老神话。①

---

① 本段译文引自傅雷译《高老头》，安徽人民出版社 1981 年版，《傅雷译文集》第一卷第 510—511 页。

40　镜　子

有个长相吓人的男子走进来，照起了镜子。

"既然照镜子只能令您不悦，您干嘛还要照呀？"

那面容丑陋的男子答道："先生，依据不朽的八九年原则 ①，人人权利平等；所以我有照镜子的权利；高兴与否，则只关乎我的心情。"

照常理说，我显然有理；但从法律的角度讲，他没有错。

---

① 不朽的八九年原则（les immortels principes de 89），指 1789 年 8 月 26 日法国制宪会议通过的《人权和公民权宣言》，通称"人权宣言"。

[题解与注释]

一、《镜子》(*Le Miroir*) 首次发表于 1864 年 12 月 25 日《新巴黎评论》。

二、本篇是一首谐谑诗，波德莱尔生前最后几年常常写这类谐谑诗，可以参考他的《私密日记》和随笔《可怜的比利时!》，其中有若干篇充满了讥讽的语调。

波德莱尔醉心革命的狂热消退下来并重返约瑟夫·德·迈斯特尔的哲学轨道后，便对不朽的 1789 年原则常有揶揄。他在爱伦·坡《怪异故事集》法译本的序言中曾这样写道："19 世纪的智慧那么经常并热衷于重申《人权宣言》的诸多条文，却把两项相当重要的权利忘掉了，即自相矛盾的权利和弃置不顾的权利。"

41　海　港

对一颗厌倦了人生打拼的灵魂，海港是一处迷人的盘桓之地。天高海阔，波诡云谲，色调变幻莫测，灯塔明灭闪烁，就像是赏心悦目的棱镜，令人百看不厌。外形修长的船舶，配着繁复的帆索，在波浪中和谐地摆动，有助于维系心灵中对节奏和美感的情趣。尤其对那些已然看破红尘、雄心不再的人来说，躺在观景台上，或在防波堤上支颐远眺，凝望着那些出海人、返航者来来往往，观赏着那些尚有抱负和愿望、渴望远行和发财的人，内心便会生发出一种神秘而高贵的快感。

[题解与注释]

一、《海港》(*Le Port*)首次发表于 1864 年 12 月 25 日《新巴黎评论》。

手稿现藏于雅克·杜塞文学图书馆。

二、本篇散文诗是扬帆与远行两个主题的结合(可参看《邀游》《计划》《已矣!》和《只要在这世界之外》诸篇,也可参看《恶之花》中的《美丽的小舟》一诗)。

阅读本篇时,还可参照阅读《火箭》中的这两段随笔:

> 这些美丽而巨大的船只,在平静的水面上难以察觉地荡漾着(摇摆着),这些坚固的航船似乎闲散而思乡,它们是不是在以无声的话语询问我们:何时才能出发去寻找幸福?
>
> 我以为,凝望一艘船,尤其是凝望一艘航行中的船时,其无穷而神秘的魅力,首先在于它的规律性和对称性——这是人类理性的首要需求,正如人类需要复杂与和谐一样——其次在于该对象以其真实的要素,在空间刻画出一切想象中的

曲线和图形，而这些曲线和图形正在逐渐增加与不断生成。

三、《海港》中的那些精美的描写得益于琼坎 ① 的海洋风景画——19 世纪 50 年代，琼坎曾在诺曼底海岸创作出大量的海洋写生画；60 年代前期，他居住在翁弗勒尔。波德莱尔在其艺术评论《画家和蚀刻师》（*Peintres et aquafortistes*）中，曾以赞扬的笔触提及过这位艺术家。

普鲁斯特 ② 在其宏篇巨制《追寻逝去的时光》（*À la recherche du temps perdu*）的第二卷《在少女花影下》（*À l'ombre des jeunes filles en fleurs*）中，也曾忆及这篇散文诗。

---

① 琼坎（Johan Barthold Jongkind，1819—1891），荷兰画家，常年以水彩进行户外写生，然后再加工为油画，他的油画保持了写生稿的生动性，色彩感觉极佳。琼坎常同布丹、莫奈一起作画，可以说是印象派的直接启蒙者。
② 普鲁斯特（Marcel Proust，1871—1922），法国作家，意识流文学的先驱，代表作是长篇小说《追寻逝去的时光》。

42　情妇的肖像

　　在一间男士专用的小客厅即豪华赌场隔壁的吸烟室里，四个男人正在吸烟喝酒。确切地说，他们都不年轻了，却也不老，不帅也不丑；但他们无论年老还是年少，都无一例外地属于寻欢作乐的情场老手，其特征一望便知；他们那种我难以描摹的神态、那种冷淡中略带嘲讽的哀愁分明在说："虽然早已尽情地活过，但我们仍在追求刺激的和看重的一切。"

　　其中一个把话题转到了女人身上。他若回避这个话题反倒会更显得睿智些；可总有才智之士在醺醺然之后就不再避俗了。其他人闻其言，犹如听一支舞曲。

　　这个人说道："每个男人都是从谢吕班①那个年龄过来的：那个年龄，找不到山林女仙，搂搂橡树的树

---

① 谢吕班（Chérubin），法国剧作家博马舍（Pierre-Augustin Caron de Beaumarchais，1732—1799）的名作《费加罗的婚礼》（*La Folle Journée, ou le Mariage de Figaro*）中的人物，少年侍从，暗恋女主人伯爵夫人。

干也不会烦。这是爱情的第一阶段。到了第二阶段，就开始挑挑拣拣了。再三思而行已然就是堕落了，从此便会一味狂追美人。诸位，对我来说，我早已荣幸地抵达了第三阶段，在这个转折期，人光是漂亮已不足取，还得配上香水、项链等等才行。我还得承认，我有时仍像渴慕未知的幸福一样向往着有个第四阶段，这个阶段的特点应当是绝对静谧。可我这一辈子，除了谢吕班那个年龄段以外，我对于女人难以容忍的愚蠢和俗不可耐比任何人都敏感。我喜欢动物就是因为它们单纯。你们想想看，上次那个情妇让我吃了多大苦头。

"她是一位亲王的私生女。生得别提多漂亮了；否则我干嘛要看上她？可她失礼和变态的野心把这么好的一个优点给糟蹋了。她本是个女人，却处处摆出男人的架势。'您真不像个男人！唉！我要是个男人多好！咱们俩，我才像个男人！'她嘴里冒出来的总是这种让人无法忍受的陈词滥调，而我希望从这张嘴里飞出的只有歌声。每当我情不自禁地赞叹一本书、一首诗或一出歌剧时，她就会立刻接话茬儿：'您大概真觉得这很棒吧？您懂得什么叫棒么？'然后就滔滔不绝地品头论足起来。

"有那么一天，她又玩起了化学；从此我觉得，在我的嘴和她的嘴之间，多了一层玻璃面具。这样一来，她倒好像成了一个正派的女人，只要我过分亲昵地摸她一把，她就浑身抽搐，活像一棵受到非礼的含羞草……"

"后来怎么样了？"其余三人中的一个问道，"真没想到您还这么能耐住性子。"

"真是天助我也，药到病除，"他又接着说道。"有一天我发现，这位智慧女神因为憧憬理想之力，竟然幽会我的男仆，见此情形我只得识趣地离开，免得让他们下不来台。当天晚上，我就付清了他们该领的工钱，把他们俩全辞了。"

"要说我嘛，"刚才那个插话的人说了起来，"只能怨我自己活该。幸福进了家门，我却没认出来。前些年，命运赐给我一个女人，让我享受快乐。她可是女人中最温柔、最顺从、最忠诚的，随时准备献身！却又从来没有激情！'只要您高兴我怎么都行。'她通常就是这么回答我的。哪怕用棍子敲敲墙、拍拍沙发，都能多少有点儿动静，可我那位情妇胸中居然从没有迸发过狂热的爱的冲动。共同生活了一年以后，她向我承认，她从未感受过快感。我也厌倦了这种不对等的决斗，于是这位少有的姑娘就嫁给了别人。后来，我心血来潮跑去看她，她把六个漂亮的孩子指给我看，说：'您瞧，我亲爱的朋友，身为人妻，我还和做您的情妇时一样贞洁。'这个女人丝毫没变。有时我还挺怀念她：我本该娶了她。"

其他人笑了起来，于是第三个人开始讲道：

"先生们，我体验过一些你们可能没有体验过的快乐。我要聊的是爱情中的笑料，但这种笑料不失赞许之处。我特别欣赏我的前一个情妇，并且觉得这种欣赏更是高过你们对各自情妇的爱憎。而且她还是大众情人。每当我们走进一家餐馆，有那么一会儿工夫，每个人都望着她而忘记了进餐。连伙计和老板娘都受到诱惑忘掉了手中的活计。总之吧，我就是和这么一个活宝耳鬓厮磨地生活了一段时间。她无论是吃，是嚼，是啃，是吞，是咽，神态都甚是嘻嘻哈哈、甚是乐天，在好长时间里迷得我神魂颠倒。每当她说'我饿啦！'这句话时，她的举止一定是温存的、梦幻的、英式的和浪漫的。而她日日夜夜都重复着这句话，同时露出世上最美丽的牙齿，让人又疼又爱——要是把她拉到集市上像饕餮一样展览，准能发大财。我让她好吃好喝；可她还是把我甩了……"

"没准儿是跟哪个食品供应商跑了吧？"

"大概就是这类人吧，一个在军需后勤部门供职的家伙，可能是他渎职克扣粮饷来供养这个可怜的姑娘吧。至少我是这么琢磨的。"

"我呢，"第四个人说话了，"通常人们都责备女人自私，我倒不这么看，我还因此受过大罪。你们都太有福气了，真不该再去抱怨各自情妇的缺点！"

此人说这番话时声调极为严肃，他外表和蔼而庄重，神情颇似神职人员，只可惜那双浅灰色的眼睛闪烁其光，那目光似乎在说："我要这样！"或者："非这样不可！"或者："我绝不宽恕！"

"我知道，G兄，您很敏感……还有你们，K兄和J兄，我知道你们胆怯善变……但如果和我认识的这样一个女人出双入对，你们肯定会非死即逃。而我，你们看，我活下来了。你们想象一下有这么一个在情感和心计上滴水不漏的人吧；想象一下有这么一种安详得让人扫兴的性格、一种毫无做作和夸张成分的忠贞、一种无懈可击的温柔、一种绝无冲动的能量吧。我的爱情史，就像在一个镜子般纯净光滑的平面上出溜个没完没了；这面镜子单调得让人眩晕，它一定能以我本身意识中那种具有讽刺意味的准确性来映现我的全部情感和行为，所以我不能允许自己有任何轻浮的举动或情感，否则，当即就会受到那位与我形影不离的幽灵无声的责备。在我看来，爱情就像是一种监护。她阻止了我多少愚蠢的行为呵！我真后悔没干！我还违心地清偿了多少债务呵！我本可以从个人的疯狂中捞到的那些油水都让她给剥夺了。她用冰冷而不可逾越的规矩，阻止了我所有的任性妄为。更可怕的是，危险过后，她从不要求我的感谢。有多少次，我忍不住扑到她的怀里对她大喊：'你这该死的，别那么完美好不好!？能不能让我爱你而不那么纠结、爱你而不那么生气，好不好!？'在很多年里，我都很赞赏她，心中却充满忌恨。到末了，反正送命的不是我！"

"啊？"其他人问，"那么说，是她死了？"

"那当然！这种状况不能再继续下去了。爱情于我，已变成了一场折磨人的噩梦。就如政治上的说法，不成功则成仁，这就是命运强迫我做出的抉择！一天晚上，在一片小树林里……池塘边上……郁闷地散过步后，她的眼中映出柔和的天光，而我的心则像地狱般抽搐……"

"什么？"

"怎么啦？"

"您想说什么？"

"这一切都无法回避。我的公平感过强，干不出殴打、侮辱或辞退一名无可厚非的仆人这种事；可又必须将情感与这个女人引发的憎恶协调起来；既要摆脱这个女人，又要不失对她的尊重，你们说要我拿她怎么办，谁让她那么完美无瑕呢？"

其他三个同伴望着这个人，迷茫的眼神中略显呆滞，那眼神既好像装作没听懂，又好像默认：尽管事出有因，但换作他们，照样做不出这般冷酷的事来的。

接着，他们又叫了几瓶酒，好打发如此艰难的时光，让如此缓慢的人生流动得更快一些。

[**题解与注释**]

一、《情妇的肖像》(*Portraits de maîtresses*)首次发表于波德莱尔去世后的 1867 年 9 月 21 日《国内外评论》。

1927 年布莱佐出版社(Blaisot)出版《手稿·波德莱尔专号》(*Le Manuscrit autographe, n° spécial consacré à Baudelaire*),首次披露了这篇散文诗的手稿。

二、本篇散文诗肯定创作于比利时布鲁塞尔。《国内外评论》在发表前曾将这篇手稿在抽屉中放了两年。

在《拉·芳法罗》中有这样一段话,可以作为本篇的题解:

> 我希望每一个可怜的年轻人在经历两性关系之前,能够在某个秘密的地方偷听两个男人之间谈论人生,特别是谈论女人。

或者是巴尔扎克《夏娃的女儿》(*Une fille d'Ève*)中的这一段:

唉！女人们若是知道这些在她们身边那么有耐心、那么会一味逢迎的男人，一旦离开她们后会多么厚颜无耻，对他们自己所爱的一切又是多么满不在乎就好了！对纯洁、优雅、羞怯的女人，男人们是怎样在戏谑的玩笑中揭她们的老底、对她们品头论足呵！但对于女人，这又是何等的胜利！她们愈是失去面纱，就愈是显出她们的美丽！

三、"在这个转折期，人光是漂亮已不足取，还得配上香水、项链等等才行……"：可以参考波德莱尔在《现代生活的画家》第十一节《赞化妆》中关于化妆的议论。

四、"……谁让她那么完美无瑕呢"：可以参考波德莱尔于1854年1月28日写给奥德翁剧院的演员迪索兰（Tisserant）的一封信。在那封信里，波德莱尔向迪索兰介绍了他打算为其量身定制的舞台剧《酒鬼》（*L'Ivrogne*）的剧情：

您一定已经猜到，我们这位工友（即酒鬼丈

夫），只因为他妻子的顺从、温柔、忍耐和美德，就那么高兴地以其竭力掩饰的嫉妒心为由要了她的命。

舞台剧《酒鬼》的主题，波德莱尔其实早已写进了《杀人犯之酒》那首诗里。波德莱尔之所以要创作这部剧本，似乎是受到了贝特吕斯·博雷尔和爱伦·坡的双重影响。在爱伦·坡的短篇小说《黑猫》（ *Le Chat noir* ）中，我们同样可以读到一桩凶杀案，但其推理显然是抽象的。在所有这些文本中，杀人犯的犯罪理由都建立在这样一个基础上：被害人太完美了，而精神之美与生活绝对格格不入。

43　彬彬有礼的射手

马车穿过树林，行驶到靶场附近时，他吩咐停车，说他很高兴为消磨时光去打上几枪。干掉时光这头怪物，不正是每个人最寻常、最正当的营生么？——于是，他彬彬有礼地把手伸向他那亲爱的、迷人而又嫌恶的妻子，这女人给了他多少快乐、多少痛苦，或许还赋予了他大部分才华。

他一连几枪都打偏了，远离了靶子；有一枪甚至飞上了天花板；那可爱的女人呵呵大笑，嘲笑他先生太笨了；他猛地转过身，对妻子说道："你看好了，那个布娃娃，就在那儿，在右边，她鼻子翘到天上去了，一副狂傲无人的样子。那好吧！亲爱的天使，我想象那就是您。"于是他闭上眼睛，扣动扳机。布娃娃的脑袋应声碎了个稀巴烂。

这时，面对着他那亲爱的、迷人的、嫌恶的妻子，面对着他那避之不及、冷酷无情的缪斯，他毕恭毕敬地吻着她的手，说道："啊！我亲爱的天使，真得谢谢您，赐予我这么好的枪法！"

［题解与注释］

一、《彬彬有礼的射手》(*Le Galant tireur*) 原拟在《国内外评论》上发表，但遭到拒绝。1869 年在《波德莱尔遗作》中才得以首次发表。

二、本篇散文诗的构思在波德莱尔的散文随笔《火箭》中便已初露端倪（同样，散文诗《失落的光环》最初的构想也在这部随笔中有所显现）：

> 一个男子在妻子的陪同下去了靶场——他瞄准一个布娃娃，对妻子说：我想象那就是你——他闭上眼睛，击中了那个布娃娃——然后，他吻着妻子的手说：亲爱的天使，真得谢谢你，让我有这么好的枪法！

这段随笔写于 1859—1860 年，说明本篇散文诗不大可能创作于比利时。诗中描写了女人这个暧昧的角色。从《抚慰爱情格言选》(*Choix de maximes consolantes sur l'amour*) 开始，波德莱尔曾在诸多诗篇中无数次阐释过这一角色的特征，例如《人造天堂》的献辞：

女人是那种在我们的梦中投下最多的阴影或者最多的光明的人。女人生来就是富于启发性的；她们过着她们自己的生活以外的一种生活；她们在精神上生活在她们造成的并受到其侵扰的想象之中。①

再例如《现代生活的画家》中的如下一段：

这种人（指女人），约瑟夫·德·迈斯特看作是一头美丽的野兽……艺术家和诗人为之、尤其是因之而做成他们最精妙的首饰；她身上产生出最刺激神经的快乐和最深刻的痛苦……更确切地说，那是一种神明，一颗星辰，支配着男性头脑的一切观念……那是一种偶像，可能是愚蠢的，但是炫目、迷人，使命运和意志都悬在她的眼前。②

---

① 本段译文引自郭宏安译《人造天堂》，三联书店 2009 年版，第 27 页。
② 本段译文引自郭宏安译《波德莱尔美学论文选》，人民文学出版社 1987 年版，第 503 页。

44　浓汤和云

　　我心仪的那个小疯女请我吃晚饭，透过餐厅敞开的窗棂，我凝望着上帝用雾气营造的那些穿行的房屋，那些触之不及的神奇的建筑。我边凝视边自言自语："这些幻景都几乎和我心仪的美人的双眸一样美，和我那碧眼的疯狂小魔女一样美。"

　　突然，我背上挨了重重一掌，又听到一个沙哑而迷人的声音，一个歇斯底里的、像烈酒烧出来的沙哑的声音，那是我亲爱的心上人小疯女的声音："怎么还不快把那盘浓汤喝了，您这该死的……傻乎乎的……云彩贩子！"

[题解与注释]

一、《浓汤和云》(*La Soupe et les nuages*) 首次发表于 1869 年《波德莱尔遗作》。

1927 年布莱佐出版社《手稿·波德莱尔专号》首次披露了这篇散文诗的手稿。

二、本篇散文诗创作于比利时布鲁塞尔，原拟在 1865 年由《国内外评论》首发，但被该杂志拒绝。

本篇吟咏的对象依旧是某个贝尔塔——收藏于雅克·杜塞文学图书馆的一份文件也证明了这一点。那份文件是波德莱尔所绘的一幅女子肖像，肖像两旁写有题记，右面的题记写道：

献给一位可怕的小疯女，来自一个大疯子的回忆。他想收养一个姑娘，却既未琢磨过贝尔塔的性格，也未研究过领养方面的法律。1864 年于布鲁塞尔。

左面的那一段题记则应为本篇散文诗的萌芽：

晚餐时，我透过敞开的窗子凝望天上的浮

云，她对我说，你这该死的云彩贩子，还不快把
浓汤喝了！

　　我们对这个贝尔塔一无所知，或许她与《月亮的
恩惠》中的女主角是同一个人。《贝尔塔的眼睛》那
首诗似乎也是波德莱尔根据一首青年时代的诗改写的
（大约创作于 1843 年，发表于 1864 年）①。

---

①　可参阅法国伽利玛出版社 1972 年版《恶之花》对《贝尔塔的眼睛》一
　　诗的注释（第 302 页）："我们对这个贝尔塔一无所知。波德莱尔曾为她
　　画过三幅素描，素描旁写有题记（略）……我们如果注意到普拉隆（波
　　德莱尔青年时代的朋友）曾说过《贝尔塔的眼睛》是《恶之花》中最早
　　的诗作之一，而且注意到让娜·迪瓦尔年轻时也曾以贝尔塔为艺名在圣
　　安东尼门剧场演戏，或许可据此得出结论说，该诗应作于 1843 年前后，
　　是波德莱尔咏唱让娜·迪瓦尔之作，20 年后，他又将该诗献给了贝尔
　　塔。"

45 靶场与公墓

"望墓园小酒馆！——这招牌可够扎眼的，"漫步者自言自语，"不过，这名号起得多好，让人真想去喝一杯！这家小酒馆的老板肯定很欣赏贺拉斯 ① 和伊壁鸠鲁 ② 的那些诗人门生。或许他也很了解古埃及人那种深邃和精致的思想：宴饮之时若不抬出骷髅或象征人生苦短的物事，盛筵就是徒有其名了。"

于是他走进酒馆，面对着众多墓碑喝了一杯啤酒，又悠悠然吸了一支雪茄。随后便兴冲冲地走进了公墓。公墓里满眼野草疯长，阳光强烈。

果不其然，此地阳光肆虐，热气蒸腾，太阳仿佛早已醺醺然，直挺挺地躺在被腐殖物膏润的繁花地毯上。空气中，四处弥漫着生命窸窣的声音——那是一些极微小的生物——又不时被附近靶场有规律的射击

---

① 贺拉斯（Horace，前65—前8），古罗马诗人，批评家。
② 伊壁鸠鲁（Épicure，前341—前270），古希腊哲学家，伊壁鸠鲁学派的创始人

声打断，好似一首演奏到细微柔慢处的交响乐曲中夹杂着一声声香槟酒塞开启的爆响。

　　此时，在炙烤大脑的骄阳下，在死神浓香的氛围中，忽听得他坐着的坟墓下方传来阵阵低语。那声音在说："喧嚣不停的活人呵，你们的靶子和短枪太可恶，太不体恤逝者和他们神圣的安息了！活腻味了的凡夫俗子呵，你们的野心真可恶，你们的盘算真可恶，竟敢跑到死神的圣地附近练习杀戮技艺！碌碌世人呵，你们要是知道奖品唾手可得，击中标靶轻而易举，而除却死神一切又都是如此虚无，你们就不会那么劳神费力，也不会那么没完没了地打搅我们这些死者的长眠了，因为我们早已达至我们的目标——那是可憎人生唯一真正的目标！"

[题解与注释]

一、《靶场与公墓》(*Le Tir et le cimetière*) 首次发表于 1867 年 10 月 11 日《国内外评论》。

二、本篇散文诗创作于比利时的布鲁塞尔，与收录在《吟余集》中的一首诗《俏皮的小酒馆》(*Un Cabaret folâtre surla route de Bruxelles à Uccle*) 是同时期的作品：

俏皮的小酒馆①

——布鲁塞尔至乌克勒途中

您对嶙峋白骨痴迷留恋，

对丑恶的象征由衷赞叹，

那再来点调料增强快感，

（哪怕简单的火腿煎蛋！）

---

① 该诗首次发表于 1866 年 3 月 11 日《费加罗报》，在 1866 年《吟余集》中列于第 23 首。《吟余集》的出版者对该诗有如下注释："这首诗的诙谐意味显而易见，众所周知，是对蒙斯莱先生的微讽，因为他自诩酷爱玫瑰与快乐……"蒙斯莱（Charles Monselet，1825—1888）法国作家，曾对波德莱尔描写丑恶和歌颂死亡颇有微词。乌克勒（Uccle），比利时地名，是布鲁塞尔首都地区的十九个城镇之一。

哦，年迈的法老蒙斯莱①！
您的身影在我梦中凸现，
只缘小酒馆招牌太扎眼，
它的名字叫作：望墓园！

三、"或许他也很了解古埃及人那种深邃和精
致的思想"：可参考希罗多德②的鸿篇巨制《历史》
（*Histoire*）第二卷第 78 章：

> 在富人（指富裕的埃及人）的筵席上，进餐
> 完毕之后，便有一个人带上一个模型来，这是一
> 具涂得和刻得和原物十分相似的棺木和尸首，大
> 约有一佩巨斯③或两佩巨斯长。他把这个东西给
> 赴宴的每一个人看，说："饮酒作乐吧，不然就
> 请看一看这个；你死了的时候就是这个样子啊。
> 这就是他们在大张饮宴时的风俗。"④

---

① 法老（Pharaon），古埃及国王的称号。
② 希罗多德（Hérodote，约前 480—前 425），古希腊作家、历史学家，他
把旅行中的所闻所见以及第一波斯帝国的历史记录下来，著成《历史》
一书，成为西方文学史上第一部完整流传下来的散文作品，希罗多德也
因此被尊称为"历史之父"。
③ 佩巨斯（coudée），古希腊长度单位，1 佩巨斯相当于 46.2 公分。
④ 本段译文引自王以铸（译）：希罗多德：《历史》，商务印书馆 1997 年
版，第 143 页。

这是一段十分著名的文字，蒙田 ① 在其《随笔集》（*Essais*）第一卷第 20 章引用过这段文字，其他作家（如普鲁塔克 ②、佩特罗尼乌斯 ③ 和塞内加 ④）的作品中也有对古埃及人这种风俗的介绍。所以，波德莱尔创作本篇散文诗的灵感来自哪部作品尚难明确。

四、"因为我们早已达至我们的目标——那是可憎人生唯一真正的目标！"：可参阅《恶之花》中《穷人之死》一诗的第一阕：

唉！死是慰藉和生的向往；

是生之目的，惟一的希望，

它似酏剂麻醉和刺激我们

振作精神，走向夜色苍茫……

---

① 蒙田（Montaigne，1533—1592），文艺复兴后期法国著名的思想家、作家，传世之作为《蒙田随笔集》。

② 普鲁塔克（Plutarque，约 46—120），罗马帝国时代著名的希腊作家、哲学家和历史学家，以《对比列传》（*Les Vies parallèles, les Œuvres morales*）名闻后世。

③ 佩特罗尼乌斯（Pétrone，？—66），古罗马作家，据信是《爱情神话》（*Satyricon*）一书的作者。

④ 塞内加（Sénèque，前 4—65），古罗马时期著名的斯多葛学派哲学家、悲剧作家，《美狄亚》（*Médée*）是其最著名的悲剧作品。

46 失落的光环

"哎！怎么回事！亲爱的，您怎么在这儿？您，怎么会在这等下三滥的地方！您，您可是渴饮天堂仙露的人呵！您，您可是饱餐众神珍馐的人呵！说真的，您可真吓着我了。"

"亲爱的，您知道，我怕马和马车。刚才，我急急忙忙穿过马路，跳过一汪汪烂泥，本想在车水马龙的纷乱中避开四面八方纷至沓来的死亡威胁，不想动作猛了点儿，我的光环从头上脱落，滑进了碎石路面的烂泥中。我没敢再把它捡回来。我寻思着，丢掉个把标志也没什么大不了的，但骨头要是断了可就麻烦了。继而我又暗自思量，塞翁失马焉知非福。现在我可以隐姓埋名悠哉游哉，形同凡庶，干点儿下流的勾当，过一番放荡的日子。这不，您都看见了，我就在这儿，和您分毫不差。"

"丢了这个光环，您怎么也得贴张寻物启示，要么就去警察局报个案呀！"

"算了吧！没必要。我觉得在这儿挺好。除了您，没人认得我。况且，我早就腻烦那头衔了。再者说，要是有哪个蹩脚诗人捡到并恬不知耻地顶在头上，这事想想就让我开心。能让一个人幸福，那是何等乐事呵！特别是那个幸福的人能逗我开心就更好了！您想想，会不会是 X，或是 Z？嘿！那可真绝了！"

[题解与注释]

一、《失落的光环》(*Perte d'auréole*) 原拟交由《国内外评论》首发，但遭到该杂志的拒绝，直至 1869 年才在《波德莱尔遗作》中首次发表。

二、本篇散文诗的构思在波德莱尔的散文随笔《火箭》中便已初露端倪（同样，散文诗《彬彬有礼的射手》最初的构想也出现在这部随笔中）：

> 过马路时，我为了避开马车快走了几步，没想到头上的光环脱落了，掉进了碎石路面的烂泥中。好在我还有时间把它捡回来；可过了一会儿，我脑海中闪现出一个不祥的念头：这可不是好兆头呵；此后，这个念头始终没离开我，一整天都让我不得安宁。

这段随笔写于 1859—1860 年间，因此，本篇散文诗应当是波德莱尔逗留比利时期间创作的。

本篇散文诗以艺术的手法描写了诗人与其"诗人的光环"分离的情形，这种与"自我"分离的象征虽是虚构，但也象征着真实，似乎是对《降福》和《信天翁》那两首诗所作的一种务实的辩解。

47 "手术刀"小姐 ^①

我借着煤气灯光刚走到城边，忽然觉得有一只手臂轻轻挽住了我，又听到一个声音在耳畔说道："先生，您是医生吧？"

我定睛一看，原来是一位身材高挑而壮实的姑娘，双眸圆睁，薄施粉黛，头发和帽带随风飘舞。

"不，我不是医生。请放开我。"

"哦！不！您就是医生。我看得出来。走吧，到我家去吧。您一定会对我非常满意的，走吧！"

"我肯定会去看您，不过得等到以后再去，得排在医生去过以后，见鬼！……"

"哈！哈！"她大声笑着，手始终挽着我的胳膊不放，说："您这位医生可真爱开玩笑，这样的医生我认识好几位呐。来吧！"

---

① 本篇散文诗的题目原文为 *Mademoiselle Bistouri*。"bistouri"为"手术刀"之意，若按人名音译，虽可译为"比斯杜里小姐"，但文中的讽刺意味则荡然无存，故姑且译为《"手术刀"小姐》，以引号括之。

我酷爱神秘，凡事总想弄个水落石出。于是就让这位女伴，或不如说被这个不速之谜拉走了。

那蜗居如何，我就忽略不提了；我们在许多法国著名的老诗人作品中都能读到。不过，雷尼耶①肯定忽略了一个细节，那就是墙上挂着两三幅名医的肖像。

我受到了何等盛情礼遇呵！炉火熊熊，红酒温手，还有雪茄，这搞怪的女人拿出这么多好东西来款待我，她自己也点燃一支雪茄，然后对我说道："我的朋友，千万别见外，就像在自己家里一样呵。这会让您回忆起医院和那些美好的青春岁月的……哎呀！您怎么都有白头发啦？您在 L 大夫手下实习时可不是这样啊，那可没多久啊……我记得每次大手术都是您给他当助手。他这个人，就喜欢切呵，剪呵，截呵！您呢，您就递给他器械呵、缝线呵、棉纱呵什么的……每次做完手术，他都会拿出怀表看看，骄傲地说：'先生们，用了五分钟！'——喔！我嘛！我哪儿都去。我跟那些先生都挺熟的。"

不大一会儿工夫，她就对我以"你"相称了，并且老调重弹："你就是医生，对不对，我的猫咪？"

①　雷尼耶（Mathurin Régnier，1573—1613），法国讽刺诗人。

一听她又问起这个不可理喻的问题，我立马儿跳了起来，恼怒地叫道："不是!"

"那，是外科医生喽?"

"不是! 不是! 除非是割你脑袋的那种外科医生! 真是活见……鬼……啦!"

"别急，"她又说道，"给你看样东西。"

她从衣橱里抽出一沓纸，没别的，全是莫兰①的石印画，收集的都是当年那些名医的肖像，很多年里，伏尔泰滨河路的画摊上到处摆着这种肖像。

"瞧! 这位你认识吧?"

"那当然! 这是 X。名字就写在下面呐! 不过，他本人我倒确实认得。"

"我就知道嘛! 瞧! 这就是那位 Z，他在课堂上但凡说起 X 就骂他是'狼心狗肺在脸上带相的怪物!'他这么说，全是因为 X 在同一件事情上跟他意见不合! 当时这句话在校园里传为笑谈! 你想起来了吧? ……还有，这位 K，就是他向当局告发了到他医院疗伤的起义者。那可是个骚乱的年代。这么英俊的一个人，怎么会这么没心没肺呢? ……这张是 W，他可是个大名鼎鼎的英国医生，我是在他来巴黎旅行时

① 莫兰（Nicolas-Eustache Maurin，1799—1850），法国画家、雕刻家。

碰上他的。他长得女里女气的，是不是?"

圆桌上还放着一包捆着的东西，我伸手去摸，"等等，"她说，"这包都是住院见习医生，那包全是不住院见习医生。"

说着，她把一大摞照片扇形摊开，照片上的那些人都年轻得多。

"下次再见面的时候，你也给我一张你的肖像吧，好不好，亲爱的?"

"可是，"轮到我顺着自己的思路问她了，"你为什么会认定我是医生呢?"

"因为你对女人特温柔，特和蔼!"

"好奇怪的逻辑!"我心里暗自思忖。

"哦! 我看人可不会走眼; 我认识的医生多了去了。我真的很喜欢这些医生，即便没病，我也常去看病，无非就是为了去看看他们。他们中有些人对我说话冷冰冰的: '您根本没病!' 可也有些人是明白的，因为我冲他们撒娇。"

"如果他们不明白呢……?"

"这事儿好办! 我可不能白白打搅人家，每次都在壁炉上放上十个法郎……那些人都特和蔼，特客气! ……我在慈善医院就发现了一位住院实习医生，个子不高，跟天使一样漂亮，而且特有礼貌! 这可怜的小伙子，还要去打工！他同事告诉我说，他身无分文，因为他父母都是穷人，没钱接济他。这事让我信心倍增。甭管怎么说，我虽然不那么年轻了，但还算够漂亮。我对他说：'你来给我看病吧，常来。跟我在一起不必拘束；我不缺钱。'你肯定明白，我是通过各种办法让他领会我的意思的，可没直截了当那么说，我特怕伤了他的自尊心，这可爱的孩子！……你猜怎么着？我还真有个念头没敢告诉他！……我特想让他来见我的时候带着手术箱，穿着白大褂，上面要是再沾上点儿血渍那就更好了！"

她说这番话时的神气天真极了，犹如一位情感细腻的男人对他喜爱的女演员说："见面的时候，我希望您还是穿着那身您扮演的那个有名的角色时穿的戏装。"

我紧跟着不依不饶地问道："你这种激情太独特了，还记得是从什么时候、在哪种情况下开始有这种激情的么？"

我的问题很难让人理解，但最后她总算明白了。然而，此时的她却面露哀伤，而且我清楚地记得她回答我时甚至脸扭到一旁："不知道……我记不得了。"

一座大都市里，只要多蹓跶，勤观察，那真是无奇不有！生活中麇集着各式各样无辜的怪物。——主呵，我的上帝！您，您是造物主，是主宰者；是您制订了律法和自由；您，您是胸襟开阔的领袖，是宽厚仁慈的法官；是您心中充满了动机和目的，或许您就是为了改造我的心灵，才在我精神中植入了嗜恶的趣味，就像治病救人，手到病除；主呵，发发慈悲吧，可怜可怜那些疯男疯女吧！哦，造物主！惟有您知道他们为什么存在、如何成形、如何不被创造出来，所以，在您眼里，难道还会有什么怪物存在么？

［题解与注释］

一、《"手术刀"小姐》首次发表于 1869 年《波德莱尔遗作》。

布莱佐出版社 1927 年出版的《手稿·波德莱尔专号》首次披露了这篇散文诗的手稿。

二、本篇散文诗创作于布鲁塞尔。《国内外评论》在 1867 年 9 月曾数次预告将要发表，但始终未能付梓。

或许是波德莱尔想起了一位名叫阿德里安·马尔克斯（Adrien Marx）的人在其作品《"手术刀"妈妈》（*La Mère Bistouri*）中描写的一位同名的巴黎人物？那部作品发表于 1866 年 1 月 30 日《时代》（*L'Époque*），随后第二天又发表在《事件》上：

> 这是一个干瘪的老姑娘，面色蜡黄，永远身着黑衣。她就住在医院里，在医院大堂里等待朗巴尔医生，她比医院的工作人员到得还早，而且与医院的内务主管形影不离。
>
> 外科主任很重视她，经常托付她一些活计，而她也精准地完成了。她还有一双敏捷得难以形

容的巧手，缝合伤口的速度之快（我是想说缝合伤口时的优雅）我真的从来没见过。

三、"雷尼耶肯定忽略了一个细节……"：这种讽刺性的影射在波德莱尔的作品中十分少见，因为根据阿塞利诺的回忆，马蒂兰·雷尼耶曾对青年波德莱尔有过重大影响，"早在二十年前，文学和艺术青年的圈子中就已经把他（指波德莱尔）当作一位原创性诗人谈论了，他受到过良好的熏陶，这种熏陶来自路易十四以前的各位真正一流的大师，特别是雷尼耶。"可以读一读雷尼耶《讽刺诗》(*Satires*) 第 11 首《坏主意》(*Le Mauvais Giste*)，波德莱尔青年时代的一首诗《我的情妇并非一头显赫的狮王……》(*Je n'ai pas pour maîtresse une lionne illustre...*) 大概就受到了这首诗的影响。

四、"真是活见……鬼……啦！"：从波德莱尔的手稿中发现，他原来写的是"圣玛克莱尔的圣希布瓦尔呵，真是活见鬼啦！"(*Sacré Saint Ciboire de Sainte Maquerelle!*)

五、"莫兰"：波德莱尔此处所指大概是尼古

拉·莫兰（Nicolas Maurin，1799—1850）。在《1845
年的沙龙》和《现代生活的画家》中，波德莱尔都曾
提到过他，并把他与另外两位画家一起誉为"描绘
复辟时代可疑风雅的历史学家"（*historiens des grâces
interlopes de la Restauration*）。1842 年，莫兰与贝利
亚尔[①]合作，创作了《当代名人系列：本时代的人
物 肖 像》（*Célébrités contemporaines ou portraits des
personnes de notre époque*），其中有不少名医的肖像。

六、"那可是个骚乱的年代"：指 1848 年六月起
义的日日夜夜。

七、"主呵，我的上帝！"：本篇结尾与《凌晨一
点钟》一样，以对上帝的祈祷结束。可以参阅《凌晨
一点钟》以及《我心赤裸》中的相关章节。

---

① 贝利亚尔（Zéphirin Belliard，1798—1871），法国画家。

48　只要在这世界以外 [①]

人生犹如医院，每位患者都想调换床位。这一位甘愿面朝火炉烟熏火燎，另一位觉得只要靠窗就好得快。

可我总觉得但凡我不在之地肯定好，迁居始终是我同自己的灵魂争论的一个话题。

"告诉我，我的灵魂，可怜的冷冰冰的灵魂，去里斯本住，你觉得怎么样呵？那儿肯定暖和，你在那儿会像蜥蜴一样恢复活力。这座城市位于水边，据说它是用大理石建造的，而且这里的居民对植物如此深恶痛绝，乃至拔光了所有的树。这才是合乎你口味的景色，一个由光明和矿物组成的风景，还有液体映现着它们！"

我的灵魂一声不吭。

"既然你那么喜欢宁静，喜欢变幻的景色，你愿意到荷兰那片福地去住么？参观博物馆时你常常对那

[①]　原题为英文：*Any where out of the world*。

儿的景色赞不绝口，也许在那个国度你会很开心。去鹿特丹怎么样？你不是特别喜欢帆樯如林、特别喜欢房前屋后停泊的航船么？"

我的灵魂依旧默不作声。

"巴达维亚 ① 也许更合你的心意？我们或许还能在那儿发现与热带风光结为一体的欧罗巴精神。"

仍是不发一言——我的灵魂难道死了？

"难道你已经麻木到这个地步，只能苦中作乐了么？要真是这样，干脆逃到死神住的那种地方去好了……行程我来安排，可怜的灵魂！打点行装，我们去托尔内奥 ② 吧。还可以走得更远，去波罗的海尽头；要是离尘世再远点儿，也行；干脆住到北极去吧。在那儿，阳光至多斜斜地掠过大地，昼与夜缓缓交替，变化消而单调增，也就是又增加了五成虚无。在那儿，我们可以在黑暗中久久沐浴，当然，为了供我们消遣，北极光也会时不时地给我们送来些蔷薇色的花束，犹如地狱焰火的反光！"

我的灵魂终于爆发了，中规中矩地对我喊道："哪儿都行！哪儿都行！只要在这个世界以外就行！"

---

① 巴达维亚（Batavia），印度尼西亚首都雅加达的旧称。

② 托尔内奥（Tornéo），是芬兰和瑞典边界的一座海港城市，位于芬兰西北部波的尼亚湾（Botnie），今称托尔尼奥（Tornio）。

[题解与注释]

一、《只要在这世界以外》（*Any where out of the world*）首次发表于 1867 年 9 月 28 日《国内外评论》。

二、本篇散文诗与两首《邀游》以及《孤独》《计划》和《恶之花》中的《远行》一诗主题相近。

散文诗的题目源自英国诗人托马斯·胡德（Thomas Hood，1799—1845）1843 年的一首诗《叹息桥》（*Bridge of Sighs*）中的一句：

> 让流水卷走吧，快！
> 不论到哪儿都可以，
> 只要在这世界以外！
> （*Swift to be hurl'd—*
> *Any where, any where*
> *Out of the world!*）

波德莱尔在布鲁塞尔逗留时，将这首诗译成了法文。爱伦·坡在其论文《诗歌原理》（*The Poetic Principle*）中也曾引用过这句诗。

　　三、"里斯本"：可以参考《恶之花》中的《巴黎梦》一诗阅读本篇。

　　四、"托尔内奥"：此地位于波的尼亚湾 ① 深处，不可能走得更远了……

———————

① 波的尼亚湾（Botnie），波罗的海北部海湾，西岸为瑞典，东岸为芬兰，面积约 11.7 万平方公里，海水含盐量极低，冬季封冻五个月。

49　痛殴穷人！

　　我一连两个礼拜闭门不出，一头扎进书堆里，那些书在十六七年前曾大行其道，讲的全是如何能让老百姓一天之内变得幸福、理智和富有的艺术。我就这样消化着——我想说，是生吞活剥着——这些致力于公众幸福的人们煞费苦心的胡言乱语，这些人中，有的规劝穷人自甘为奴，有的则让穷人相信他们全都是失去宝座的国王。要说我当时的精神状态近乎眩晕或呆傻，谁都不会觉得意外。

　　我当时只是觉得，在我的头脑深处萌发出了某种模模糊糊的意念，这种意念比我最近在词典里查到的所有老妈妈论儿都要来得高明，但还只是一种意念中的想法，极其模糊。

　　我感到口渴得很，便出门了。既然有嗜读劣书的口味，自然就需要吸吸新鲜空气，喝点儿清凉饮料。

　　我正要走进一家酒馆，一个乞丐把帽子伸了过来，他的目光令人难忘，如果精神真的能移动物质，如果催眠师富有磁力的目光真的能催熟葡萄，那这个乞丐的目光肯定能掀翻王座。恰在此时，我听到有个声音在对我耳语，我熟悉这声音，那是陪伴我走遍天下的一位善天使或善精灵的声音。既然苏格拉底有他自己的善精灵，我怎么就不能有自己的善天使呢？怎么就不能像苏格拉底那样，荣获由体察入微的莱吕①和心思缜密的巴雅杰②签发的疯狂证书呢？

苏格拉底的那位精灵和我的精灵之间有这样一种差异：苏格拉底的精灵只有在禁止、警告和阻止他的时候才会现身，而我的精灵却愿意屈尊给我忠告、建议和劝告。可怜的苏格拉底只有一位劝阻精灵，而我却有一位伟大的赞许精灵，一位行动的精灵、战斗的精灵。

当时，我的精灵是这样对我耳语的："惟有证明自己平等于他人者，方能与他人平等；惟有懂得争取自由之人，才配享有自由。"

于是，我猛地向那乞丐扑过去，只一拳就把他的眼睛封住了，那只眼刹那间像皮球一样肿了起来。接着我又打掉了他两颗牙齿，但也把自己的一根指甲弄

---

① 莱吕（Louis Francisque Lélut，1804—1877），法国精神病医生和哲学家。
② 巴雅杰（Jules Baillarger，1809—1890），法国精神病学专家，心理医生。

断了。由于我天生瘦弱，又没怎么练过拳击，要想一下子击倒这个老头儿感到身板不壮，于是就一只手薅住他的衣领，另一只手掐住他的脖子，把他的头往墙上猛撞。我得承认，我事先早已把四周瞄过一遍，确信警察要是赶到这荒郊野外得好一阵子时间呐。

接着，我又朝他背上踹了一脚，力道之猛，足以踢断他的肩胛骨。把这衰弱的六旬老翁掀翻在地以后，我又抓起地上的一根粗树枝把他好一顿臭揍，那股狠劲就像厨师拍松牛排那样。

突然——哦，奇迹出现了！那种欣喜就像哲学家验证自己的理论有多么超卓时一样哦！——只见这副老骨头架子一个鲤鱼打挺儿又站了起来，我万万没想到这具像散了架的机器般的躯体里竟还能有这等爆发力，就连他那充满仇恨的眼神也让我觉得有戏：这衰弱的老朽向我扑过来，打肿了我的两只眼睛，敲掉了我的四颗牙齿，又用同一根树枝把我暴揍了一顿。——这治疗卓有成效，我让他重新恢复了自尊心和生命力。

接下去，我向他连打手势，让他明白，我认为争执已经结束了；我爬起身来，满怀斯多葛派诡辩家的满足感对他说道："先生，您跟我平等了！请您赏脸，和我一起分享我这袋钱吧。还要请您记住，如果您真有善心，那么当您的同行向您乞求施舍时，请您务必把我忍痛在您身上试验过的那种理论再实施一遍。"

　　他赌咒发誓说他已然理解了我的理论，一定会遵从我的忠告。

[题解与注释]

一、《痛殴穷人！》(Assommons les pauvres!) 首次发表于 1869 年《波德莱尔遗作》。

布莱佐出版社 1927 年出版的《手稿·波德莱尔专号》首次披露了这篇散文诗的手稿。

二、本篇散文诗创作于布鲁塞尔。现存手稿的结尾处还有一句话："这事您觉得怎么样，蒲鲁东公民！"当时蒲鲁东①刚刚逝世（1865 年 1 月 19 日），媒体纷纷发表纪念文章，可能是《国内外评论》认为波德莱尔的这一调侃与那些革命性言论相比有些不合时宜，所以未予刊载。

其实，波德莱尔在 1848 年前后与蒲鲁东相当接近，他曾在 1851 年发表的文学评论《正派的戏剧与小说》(Les Drames et les romans honnêtes) 中写到："蒲鲁东是一位令全欧洲都会永远羡慕我们的作家。"虽然他这种狂热很快就消退了，但仍认为蒲鲁东是一位出色的经济学家。1866 年 1 月 2 日，他在写给圣伯

————————

① 蒲鲁东（Pierre-Joseph Proudhon，1809—1865），法国政论家、经济学家，无政府主义的奠基人之一。

夫的信中谈到了自己曾经发表过的那些关于蒲鲁东的
文字：

> 相信我，我并不认为对他有利的反应有
> 什么不合适。我曾经读过他很多东西，对他
> 有些了解。握笔写作时，他就是个好好先
> 生；但即便在纸面上，他不是而且也从来
> 不是什么浪荡子！这正是我绝不会原谅他
> 的地方。如果我想激起世上所有那些大傻
> 瓜（这是我善意的说法）的怒火，我就会这么
> 表达。

三、"如果催眠师富有磁力的目光真的能催熟葡
萄"：波德莱尔在讽刺当时流行的一种实验：借助于
磁力加快时鲜蔬果的生长。

四、"体察入微的莱吕和心思缜密的巴雅杰"：莱
吕和巴雅杰均为当时著名的精神病医生。1836 年，莱
吕发表过一篇论文《论苏格拉底的精灵：心理学应
用于历史学的样本》(*Du démon de Socrate, specimen
d'une application de la Science psychologique à celle
de l'Histoire*)，断言苏格拉底是个疯子，而且塔

索①、帕斯卡、卢梭和斯威登堡等人也是疯子。波德莱尔在上述致圣伯夫的信中也谈到了这两个人（"我认为，人们也是这样评论苏格拉底的；但巴雅杰和莱吕这些有声望的人凭他们的良心却断言说苏格拉底发疯了。"）。莱吕与蒲鲁东都曾参与过 1848 年的制宪会议。此外莱吕还发表过一部作品《平等的契约》（ *Traité de l'égalité* ）。

---

① 塔索（Le Tasse，1544—1595），意大利诗人，文艺复兴运动晚期的代表，其最重要的作品——长篇叙事诗《被解放的耶路撒冷》（ *Jérusalem Délivrée* ）于 1579 年问世后，遭到教会的激烈攻讦，塔索被迫向宗教裁判所忏悔，后精神失常，被囚于疯人院七年之久。

50　好狗们

——献给约瑟夫·斯蒂文斯先生 [1]

　　我赞赏布封，即便当着当代年轻作家的面夸他也绝不脸红；不过今天，我不想求助于这位描绘壮丽的大自然的画家之魂。不想。

　　我更乐于向斯特恩 [2] 请教，我会对他说："从天上降临吧，或从阴间福地飞升到我这儿来吧，请你赋予我灵感，让我为那些好狗、为那些可怜的狗唱上一曲能配得上你这位情感细腻、举世无双的滑稽大师的赞歌吧！请你像留在后人记忆中那样，骑着那头永远陪伴着你的著名的驴子回来吧，尤其别让那驴子忘了它小心叼在嘴里的不朽的杏仁饼！"

---

[1]　约瑟夫·斯蒂文斯（Joseph Stevens，1819—1892），比利时动物画家，尤擅画狗。波德莱尔在比利时逗留期间，曾与约瑟夫·斯蒂文斯和他的两个兄弟阿尔弗莱德·斯蒂文斯（Alfred Stevens，1823—1906，比利时画家和作家）和阿尔蒂尔·斯蒂文斯（Arthur Stevens，1825—1890，比利时画家，艺术评论家）多有往还。

[2]　斯特恩（Laurence Sterne，1713—1768），英国小说家，其作品中的幽默、讥讽、感伤风格对后世作家有很大影响。

后边去！学院派的缪斯！用不着你这装模作样的老太婆。我要召唤的是不拘礼数的、市井的、充满活力的缪斯，好让她帮着我歌唱那些善良的、可怜的、浑身脏兮兮的狗。这样的狗，人人避让惟恐不及，仿佛它们患了瘟疫、长了虱子，惟有穷人能与之相伴，惟有诗人能待之以慈眉善目。

滚开吧！臭美的狗，你这自命不凡的四足兽！什么丹麦犬、查理王小猎犬、德意志短毛犬或英格兰长毛犬，你们如此得意忘形，竟然不识好歹地往客人两腿里钻，甚至跳到客人膝上，自以为能讨人欢喜，像孩子那样吵闹不休，像轻浮的女人那样愚不可及，有时又像仆人那样戾气十足、桀骜不逊！滚开吧！尤其是那种人称意大利猎兔犬的四脚爬行动物，它们总是颤颤巍巍，游手好闲，鼻子尖尖却嗅觉不灵，甚至跟不上朋友的脚步，脑袋瘪瘪又不够聪明，连多米诺骨牌也不会玩！

滚回狗窝里去吧，你们这些讨厌的寄生虫！

让它们全都滚回自己铺着软垫的绸缎狗窝里去吧！我要歌唱的是满身泥巴的狗、可怜的狗、无家可归的狗、四处流浪的狗、街头卖艺的狗，这些狗与穷人、流浪汉和江湖艺人有同样的本能，它们因生活所迫而饱受磨难，而"生活所迫"恰如慈母，这才是智慧的真正的守护神！

我还要歌唱那些不走运的狗，它们或在大都市曲曲弯弯的沟壑中独自流浪，或眨着充满灵性的眼睛对惨遭遗弃的人说："带我一起走吧，我们俩的不幸加在一起，或许能创造出某种幸福！"

"那些狗都去哪儿了？"内斯托·罗克普朗①曾在一篇不朽的专栏文章中这样发问。这篇文章他肯定已经忘记了，惟有我，或许还有圣伯夫，我们至今依然记得。

你们这些粗心的人会问，那些狗都去哪儿了？它们都去干自己的营生去了。

它们有事务的应酬，有爱情的约会。它们透过迷雾，穿过风雪，趟过泥泞，顶着炎炎烈日，冒着倾盆大雨，或因跳蚤叮咬、或因激情激励、或因需求或责任的驱使而往来奔波，碎步急驰，在滚滚车轮下钻来窜去。它们像我们一样，早早起身，要么去寻觅生计，要么去追欢逐爱。

有一些狗在郊区的废墟里过夜，每天定点去王宫御膳房门口讨要赏赐；另一些狗则成群结队，跑上

---

① 内斯托·罗克普朗（Nestor Roqueplan，1805—1870），法国记者、作家、剧院经理。

四十几里地，去分享几位六十多岁的老处女好心为它们准备的饭食——这些老处女已无所事事，因为连愚蠢的男人们也不再需要她们，所以一门心思全放在了照顾动物身上。

还有一些狗像逃亡的黑奴，因发情而迷狂，会在某些日子里逃离自己外省的家，来到城里，围着一条不太在意打扮却很傲气而且颇知感激的漂亮母狗身旁蹦跳上个把小时。

它们都非常守时，尽管没有笔记本，没有通知，也没有公文包。

您是否了解懒惰的比利时？您是否也像我一样，欣赏过那些强健的、拉着屠户、奶贩或面包师的货车飞奔的狗？它们欢快吠叫，表现出与马一争高下而体验到的快乐与自豪。

另外还有两条狗，属于更开化的级别。让我带您去一位街头艺人的家里看看吧，刚好他不在家。一张油漆木床，没有床帏，铺盖散乱在地，满是臭虫的污渍，两张草垫椅子，一只生铁的火炉，一两件弄坏的乐器。家具太寒酸啦！不过，请您瞧瞧这两个聪明的角色吧，它们身披破旧而华丽的戏装，头戴游吟诗人或军人那样的帽子，像巫师似的精心守护着火炉上炖着的那锅叫不出名字的菜肴，炖菜的中央插着一把长长的汤匙，就像一支插在空中的旗杆，表明一幢建筑业已竣工。

演员如此敬业，上路前总得吃点儿顶时候的干货填饱它们的肚子，这不是天经地义的么？这两个可怜的家伙，一整天都要面对观众的冷漠，还得忍受一个事事都要占大头、一人饭量顶四个的掌柜的不公正待遇，让它们满足一下自己的口腹之欲，您难道不能体谅么？

多少次呵，我曾满怀悲悯之心，面带微笑地凝视着所有这些四条腿的哲学家，这些殷勤、顺从或忠诚不贰的奴隶；如果关心百姓幸福过了头儿的共和国能抽点儿时间关注一下狗的荣誉，那么共和国的辞典里也总该给它们一个勤务员的称号！

又有多少次呵，我曾想过，或许在什么地方（说到底，能有谁知道呵？）有那么一座专为那些好狗、可怜的狗、满身泥巴的狗和沮丧的狗开设的天堂，用来犒赏它们如此的勇气、如此的隐忍和勤劳吧。斯威登堡确曾断言有一座专为土耳其人开设的天堂，还有一座专为荷兰人开设的天堂！

维吉尔和忒奥克里托斯[①]牧歌中的羊倌们在对歌

---

① 忒奥克里托斯（Théocrite，约前315—约前250），古希腊牧歌诗人。

后希望得到的奖品是一块美味的干酪、一支能工巧匠制作的牧笛或者一头乳房鼓胀的山羊。而那位歌唱可怜的狗的诗人所获得的奖赏则是一件漂亮的马甲，颜色既鲜艳又有些褪色，让人联想到秋日的艳阳、成熟的妇人之美以及圣马丁节前后的小阳春①。

凡是当天在埃尔摩萨别墅街那家小酒馆里的人，谁都忘不了当时画家是何等急切地脱下自己的马甲送给了诗人，因为他最理解讴歌那些可怜的狗是多么高尚和善良的行为呵。

记得从前黄金时代有一位慷慨的意大利僭主，他为了换取非凡的阿雷蒂诺②一首珍贵的十四行诗或是一首有趣的讽刺诗，就赐给他一把镶满宝石的佩剑或是一件宫廷披风。

每当诗人穿上画家馈赠的这件马甲，总会情不自禁地想起那些好狗，想起那些仿佛哲学家般的狗，想起圣马丁节前后的小阳春以及成熟妇人之美。

---

① 圣马丁节期间的小阳春（les étés de la Saint-Martin），指每年11月11日圣马丁节前后的晴好天气。
② 阿雷蒂诺（Pierre l'Arétin，意大利文为 Pietro Aretino，1492—1556），意大利作家。

[题解与注释]

一、《好狗们》(*les Bons Chiens*)首次发表于 1865 年 6 月 21 日《比利时独立报》(*L'Indépendance belge*),再发表于 1866 年 10 月 27 日《小评论》(*La Petite Revue*),又发表于 1866 年 11 月 4 日《大事报》(*Le Grand Journal*),最后于 1867 年 8 月 31 日在《国内外评论》上发表。

在《大事报》发表时,波德莱尔曾根据《小评论》的文本进行过重大修改。

布莱佐出版社 1927 年出版的《手稿·波德莱尔专号》首次披露了这篇散文诗的手稿。

二、本篇散文诗创作于比利时。在《比利时独立报》发表时刊载于该报的"社会新闻栏",并附有编者的话:

> 我们谨将夏尔·波德莱尔先生尚未发表的一篇很有意思的散文诗呈献给读者。这篇散文诗是波德莱尔先生应约瑟夫·斯蒂文斯先生的要求而创作的,斯蒂文斯先生希望他写些关于穷人的狗的故事,为此还赠送给诗人一件马甲。

阅读诗中描写街头艺人的狗那些段落时，读者们定会想起这位画家的某幅著名画作。

该诗在《小评论》和《大事报》上发表时，附有波德莱尔的挚友、出版家布莱-玛拉西的文字说明，介绍了馈赠马甲这件事的来龙去脉：

《好狗们》这篇散文诗是波德莱尔先生逗留布鲁塞尔期间发表在比利时报刊上的唯一一篇文学作品。不过，这篇散文诗并非是对赠其马甲的朋友的应酬之作。

这就需要做个说明。

波德莱尔先生心直口快。他对某些艺术的、新奇的、服饰方面的事物有着不可抑制的兴趣。马甲这件事就是其中一例。在大多数人看来，一件马甲不过就是一件用丝绒做的衣服，或许根本就看不上眼；而在诗人眼中，却让他联想到金秋，联想到圣马丁节期间的小阳春，联想到成熟的女人。所以说，这件马甲引人遐想。

老实说，伟大的动物画家约瑟夫·斯蒂文斯先生身着这件神奇的马甲显得格外高贵，再加上他言谈随和，举止和蔼，待人亲切，波德莱尔先生对他颇有好感。第一次见到他穿着这件马甲时，他就说道："喔！斯蒂文斯，您穿的这件马甲真让人充满激情呵！"几天以后，他见斯蒂文斯先生穿着另一件马甲，就略带责备地对他说："您怎么没穿那件漂亮的马甲呀？"

这种充满激情、各式各样的对话还有很多，我可以写出满满一页纸；而在对自己的马甲无可无不可的斯蒂文斯先生看来，这不过是一句经久不衰的玩笑话而已。

最后，有天晚上，在奥尔冬小酒馆，斯蒂文斯先生刚刚走进来，波德莱尔先生就当着所有在场的朋友再次高声赞扬起斯蒂文斯先生那件漂亮的马甲来。"那好吧，我亲爱的波德莱尔，"斯蒂文斯先生说道，"您既然这么喜欢这件马甲，送给您如何？""真的么？我太想要啦！整整两个月，我想这件马甲都想得要死了！"

斯蒂文斯先生一边说着，一边以可以想象出的敏捷脱下了那件马甲，在场的常客们——大多是英国人——都惊呆了，他们以为在他脱下马甲之际会发生一场斗殴。

波德莱尔先生夹着斯蒂文斯先生的那件马甲回家后，立刻就穿上了。感念之余，他写下了这篇散文诗，颂扬这位刚刚把自己的马甲赠送给他的慷慨之人。

《比利时独立报》所说的"某幅著名画作"，指斯蒂文斯的油画《街头艺人的家》(*L'Intérieur du saltimbanque*)。这幅画被布鲁塞尔克拉布美术馆收藏前曾在 1857 年的沙龙中展出过，波德莱尔看过一次，或许看过两次，并为此写下过几段笔记：

> 约瑟夫·斯蒂文斯。街头艺人悲惨的蜗居。
> 引发联想的画作。穿着衣服的狗。街头艺人外出，给一只狗戴上轻骑兵的软帽，要它一动不动守着煨在火上的炖菜。很有特点的一幅画。

在散文随笔《可怜的比利时！》中，波德莱尔有了写一写狗的打算：

> 只有狗生龙活虎；它们是比利时的黑奴。
> 写一章，谈谈狗，谈谈看似活力缺失的其他地方。

狗拉车。(杜布瓦[1]语。)

杜布瓦说的关于狗的那些话。(别把你的狗牵到这儿来，它要是看见自己的同类在拉车，会觉得受到了侮辱。——先生，至少此地不给狗戴嘴套。)可以为这些聪明的狗写一篇漂亮的文字，写写它们的热忱和它们的自尊。有人会说，它们很乐意让马丢面子。

三、"我赞赏布封，即便当着当代年轻作家的面夸他也绝不脸红"：波德莱尔十分推崇布封，将其与拉布吕耶尔、夏多布里昂和戈蒂耶并列为语言和文体的四位大师。

四、"我更乐于向斯特恩请教"：指劳伦斯·斯特恩的小说《项狄传》(*Tristram Shandy*)第七卷第三十二章，波德莱尔在《1859年的沙龙》中对这一章有过专题论述。

五、"轻浮的女人"(une lorette)：这个词是内斯

---

[1]　杜布瓦（Louis Dubois，1830—1880），比利时画家。

托·罗克普朗创造的。可参看莫里斯·阿洛伊①：《轻浮女人之生理学》（*Physiologie de la lorette*），欧贝尔出版社（Aubert）1841 年版。

六、"内斯托·罗克普朗曾在一篇不朽的专栏文章中这样发问"：指罗克普朗 1857 年 5 月 16 日发表在《新闻报》上的一篇专栏文章，对波德莱尔深有启发：

> 因为聪明的狗具有独立的精神，它们无法忍受清规戒律，也绝不恋窝。可为了生存，它们又只能忍受家中各种难堪的规矩，终至自降身价。
>
> 这种狗跑得极快，往往擦身掠过转眼就没影了，引得人们纷纷发问：那些狗都去哪儿了？它去……去往激发其激情的地方去了。那地方可能是一个富人区，富人区里可能有一座漂亮的公馆，公馆的阳台上可能有一条良种母狗某天曾对它搔首弄姿。它记住了那个地址，然后先去找个地方觅食，到了晚上，它快步跑向那狗女士的公馆，冒着被门房痛打的危险……最终，那狗女士

---

① 莫里斯·阿洛伊（Maurice Alhoy，1802—1856），法国记者、作家。

心软了，于是便赐给它一次从社会习俗上讲不太
门当户对的幽会……

　　归根结底，这是一类永远奔波的狗，它永远
神色匆匆，它会在某个街角突然停下脚步，随后
又打定主意，重新飞奔而去；它为去而去，绝不
会在曾经停留过的地方再次停留。

　　七、"斯威登堡确曾断言……"：可参看斯
威登堡:《真正的基督教信仰》(*La Vraie Religion
chrétienne*) 第三卷，巴黎 1853 年版。

跋

我满心舒畅，登上山冈，
满眼是宏伟的都市风光，
病院、妓院、炼狱、地狱、苦役犯的牢房，

所有极恶都在此如花绽放。
哦，撒旦，我苦恼的主宰，你深知
我来此，绝不为徒劳泪淌；

而要像老色鬼难忘旧相好，愿
醉心于在她巨躯上放荡，她那
地狱般的魅力永令我青春激扬。

无论你在清晨之衾沉睡如常，
沉闷、卑微、伤风，还是在
金丝镶边的暮色帷帐中趾高气昂，

我都爱你，哦，污秽的都城！你们
常塞给那些世俗大众全然不懂的
欢愉，无非是些交际花与强梁。

[题解与注释]

一、《跋》（*Épilogue*）首次发表于《波德莱尔遗作》。手稿收藏于雅克·杜塞文学图书馆。

二、显而易见，将这首《跋》作为《巴黎的忧郁》的压卷之作纯属《波德莱尔全集》[1]的编者之误，因为无论从体裁还是质量上讲，这首诗都难与《巴黎的忧郁》般配。该诗不仅缺少最后一行（三行诗体裁的连锁韵[2]始终要求以独立的一行作结，并应与最后一节三联韵[3]的中间一行押韵），而且诗的节奏也让人觉得仍应有下文才对；另外，该诗的起首三行便以"夸张的三联韵"表明，这首诗描写的是巴黎这座城市，所以很有可能这是波德莱尔想放入第二版《恶之花》中的一首诗（参看波德莱尔 1860 年 7 月初写给布莱－玛拉西的信）。事实上，除了这首已知的诗歌初稿以外，其他三十四首诗的初稿也与收藏在杜塞文学图书馆的波德莱尔手稿完全契合（参看同一版《恶之

---

① 指莱维出版社 1869 年版《波德莱尔全集》（*Œuvres complètes*）。

② 连锁韵（terza rima）是三行诗（triplet）中所使用的一种韵律，其特征是一个诗节中的某一行诗用于连接下一个诗节中某一行诗的韵，而且前后应连环相扣。

③ 三联韵（tercet）是三行诗中所使用的一种韵律，要求每三行押同一韵。

花》）。"世俗大众全然不懂的欢愉"所指，似乎就是第二篇手稿中所说的"炸弹"、"短剑"、"凯旋"、"节庆"、"令人伤感的市郊"、"满目皆旅馆"、"充满叹息与阴谋的花园"、"喷吐出音乐般祈祷的神殿"等等那些东西。

三、"病院、妓院、炼狱、地狱、苦役犯的牢房"：所有这些用语，除了第一个（或许还有最后一个）以外，描绘的都是都城巴黎的日常景象。

16世纪末流行于巴黎的一句谚语证实了这样的景象："妇人的天堂，男人的炼狱，骏马的地狱"。此外，"地狱"一词也是众多作家喜用的词语，梅西埃①、尚福尔②、巴尔扎克、维尼、戈蒂耶、奈瓦尔等概莫能外，"妓院"和"苦役犯的牢房"这两个词在19世纪的诸多文本中也随处可见。

惟有"病院"一词鲜有人使用，完全是波德莱尔的风格。经比对，波德莱尔在他的散文诗（如《暮色》《只要在这世界以外》）和其他诗作（如《反诘》《薄暮》）中也使用了"病院"一词。

---

① 梅西埃（Mercier de Compiègne，1763—1800），法国作家、出版人。
② 尚福尔（Sébastien-Roch Nicolas de Chamfort，1741—1794），法国诗人、伦理学家。

　　若希望全面了解这一文本，可参阅皮埃尔·西特
隆[①]的论文《从卢梭到波德莱尔：法国文学中的巴黎
诗篇》(*La Poésie de Paris dans la littérature française
de Rousseau à Baudelaire*)，子夜出版社（Minuit）
1961年版第二卷。

　　四、"醉心于在她巨躯上放荡"：本诗的笔法与
《恶之花》中的《女巨人》一诗近似，可参考阅读。

---

① 皮埃尔·西特隆（Pierre Citron，1919—2010），法国音乐学家。

译后记

一、记得是 1979 年夏，我的老师刘自强先生在北大民主楼（西方语言文学系的办公楼）顶层为同学们开了一个讲座，介绍波德莱尔和象征主义诗歌。此后我便与波德莱尔和他的诗结下了不解之缘。1982 年，我在《外国文学》发表了最初的翻译习作——波德莱尔的《交感》和《忧郁之四》。三十年后的 2011 年，拙译《恶之花》全本由新世界出版社出版（2017 年由上海文艺出版社收入"企鹅经典丛书"再版）。在《译后记》中我曾这样写道，"《恶之花》译本已有数种。我之所以再译，是想向我的北大恩师们——王力（了一）先生、郭麟阁先生、杨维仪先生和刘自强先生——致敬，是他（她）们领我步入了法兰西诗歌和波德莱尔的世界。"

《巴黎的忧郁》的译本同样亦有数种，我之再译，依旧是对北大恩师们的一份感念——因为我觉得，作为他（她）们的学生，将波德莱尔这两部最重要的诗体著作以我自己的感受翻译出来，就是对恩师们最好的感念。

二、拙译《巴黎的忧郁》依据的本子，是法国伽利玛出版社 2006 年版本。诗集中的"题解与注释"我也一并译出，俾有助于读者了解每篇散文诗的内容、背景和笔法。

三、感谢我敬重的好友、文学评论家唐晓渡先生，感谢他拨冗为拙译作序。感谢"巴别塔诗典"和我多年的老友何家炜先生，感谢他为这部译作的出版付出的心血。感谢我的哥哥刘柏祺先生，他的国文功底素为我所敬服，作为我每部译作的第一位读者，他从不吝于向我提出有价值的修改建议。

刘楠祺

丁酉立冬日于京北日新斋

【追记】

拙译即将付梓之际，传来我的老师刘自强先生仙逝的消息。抚今追昔，百感交集。谨将这部译作献给我永远的老师刘自强先生。

己亥惊蛰日于京北日新斋